だいわ文庫

まともバカ

そもそもの始まりは頭の中

養老孟司

大和書房

◉目次

第1章　脳の中に住む人間

自分を知る

第2章　「現実」は現実か

「現実感」の持ち方

第3章　無意識の表現

人工化の波

第4章 「まとも」が遠のく

かけがえのないもの

一周遅れのランナー人生

まともバカ

そもそもの始まりは頭の中

第1章　脳の中に住む人間

ヒトを見る目

ヒトの見方で思い出す話

ヒトの見方でいつも思い出す話があります。これは日本海軍の航空参謀《さんぼう》だった源田《げんだ》実《みのる》が書いているのですが、戦時中、パイロットがどんどん討《う》ち死にしていく。人数がどんどん減ってしまうので、補充しなければならない。しかし、パイロットというのは育てるのにコストもかかるし、急いで育成しなくてはならないから、誰でもいいというわけにはいかない。

そこで、選別するために、軍隊がパイロットとしての適性を調べたわけです。だけど、どういうふうにやっても、なかなかうまくいかない。最終的にどうしたかというと、よく当たると評判の人相見《にんそうみ》を連れてきて、パイロットとしての適性があるかどうか、若いやつを順繰《じゅんぐ》りに見せた。結局それがいちばんよかったと、源田実は書いています。

これは日本だけのことではなく、じつはアメリカでもまったく同じ問題が起きていました。では、アメリカの場合はどうやったか。あちらは心理学者を連れてきて、パイロットにふさわしい人間の選別をやらせた。その中にジェームズ・ギブソンという心理学者がいて、この人がどうやったら効果的な選別を行えるのかを、いろいろ研究しました。

まず思いついたのは、目のいい人を選ぼうということでした。ところが、いざそれでやってみると、別に目がいいからパイロットの適性があるとは限らない。よく考えてみれば、空を飛んでいるときは、何かが特別に見えるわけではなくて、空しか見えないんですから。

だったら、パイロットに適する目のよさというのはどういうものなのか。パイロットにとっていちばん重要なことというのは、じつは飛行場に降りることなんですね。いちばん事故が多いのは、なんといっても着陸のときですから。そこで彼が考えたのは、着陸のとき、パイロットはどういうふうに飛行場なり、滑走路《かっそうろ》なりを見ているのだろうか、ということだったんです。

飛行場というのは、滑走路という味もそっけもないようなコンクリートの道路がスーッとあって、そのまわりに芝生や雑草が生《は》えていることが多い。遠近感もはっきりしない。そんなところを、一体どんなふうに見ながら降りるのだろうか。

そこで思いついたのが、「肌理《きめ》」が違うんじゃないかということでした。滑走路に近づいていく。草にしてもベターッと緑だったのが、だんだん一本一本見分けがついてくる。肌理が変わってくるわけです。

そんなふうに、ポイントは肌理の動きじゃなかろうかという仮説を立てた。実験をやっていくうちに、結局パイロットの選別はどこかに行ってしまって、「アフォーダンスの理論」というものができてきた。

アメリカでは、心理学の新しい領域がパイロットの選別によってできてしまった。日本の場合は、それが人相見になってしまった。これもまた、文化的伝統というものなのか知りませんが、こういう違いがありました。このギブソンという人の心理学は、いまでは、専門に研究しているギブソニアンと呼ばれている人までいる、心理学の大きな分野になっています。

ダーウィンのミミズと長嶋さん

パイロットが世界をどういうふうに見ているかという問題を、さらに一般的な問題として考えてみると、動物は世界をどう見ているのか、という話になってきます。

かつて、そういうことを研究した人がいるかどうか調べてみると、やっぱりちゃんといます。チャールズ・ダーウィン。あの進化論で有名なダーウィンです。彼はミミズの研究でも有名でした。ミミズで何をしたか。西洋のミミズというのは、日本のミミズと違って、自分で穴を掘ってその穴の中に入っている。その穴の入り口を葉っぱで塞《ふさ》ぐのですが、ダーウィンが調べたのは、穴を塞いでいる、その葉っぱでした。

ミミズは、葉っぱで穴をどうやって塞ぐか。葉っぱには先の尖《とが》った端《はし》と鈍《にぶ》い端がある。たいがいのミミズが、その尖った端を引っぱりこんでふたをする。ダーウィンはいろいろなミミズの穴を調べて、そのことを発見した。

暇な人もいるものだと思うけれど、そこでやめないのがダーウィンのえらいところでして、次にどうしたかというと、今度は自分でミミズを飼《か》ったんです。箱の中にミミズと土を入れて、葉っぱの代わりに紙を切って入れてみた。

尖った端と鈍い端をつくって、どっちの側から引っぱるのかを観察したら、やっぱり尖ったほうから引っぱりこんでいる。なんでミミズは、葉っぱの一方が尖っていて、もう一方が丸いということをわかっているのか。これは、いまだにわからないんです。動物が世界をどう見ているのか、じつはよくわかっていない部分のほうが多い。

そして、よくわからないということに関しては、じつはわれわれもまったく同じなのです。人間というものは、自分で自分のやっていることをよくわかっていない。典型といっては悪いのですが、私がよく考えるのが、ジャイアンツの長嶋茂雄《ながしましげお》元監督です。

長嶋さんは、ご存じのように名選手です。野球とは何なのか。理科的にいうと、あれは完全に物理学です。ボールが向こうからある速度で飛んでくる。ボールは回転していたりしていなかったりするわけですが、要するにそれを棒で引っぱたく。その結果、ボールがどっかに飛んでいく。領域でいえば、理科系では完全な古典力学に含まれる。最近は「野球の物理学」とか「物理学としての野球」とか、そういう本がいろいろと出ていますが、そういう本が書けるくらい、野球は完全に物理で説明することができる。

そこで、私は考えるんです。長嶋さんに物理の勉強をさせたらどうかなあと。でも、あの方には学生時代からいろいろと逸話《いつわ》がある。どうも物理をやらせてもダメじゃないかという気がなんとなくする。ところが、長嶋さんがやっていることは、完全な物理学なのです。あの人ぐらいホームランを打てる人はなかなかいない。だとすれば、彼は古典力学であるニュートン力学をほかの人よりマスターしているはずなんですが、それがいわゆる物理になると、たぶん彼はよくわからなくなるわけです。そして、問題はそれがどういうことかということです。

五億年かかって洗練されたソフト

ちょっと別の言い方をしてみましょう。最近の若い人が好きなものに、超常現象とか超能力があります。テレビもよくそれを取りあげます。私は、よく申しあげるのですが、そんなことをいうのなら、長嶋さんなんか、典型的な超能力者だ。物理のことは全然わからないのに、あれだけちゃんとボールの物理的な取り扱いができるんですから。これも、人間は自分のことがわからないということの典型ですね。

長嶋さんは、野球を脳でやっているに違いない。筋肉も必要ですが、皆さんだって、普通の筋肉はお持ちなんだから、ボールぐらい打てないわけはない。問題は脳でして、脳というのはコンピュータみたいなものだとお考えいただければいい。脳の中には、いわばソフトウェアが入っているんですね。つまり、長嶋さんの持っているソフトを使えば、あれだけのホームランが打てるということになる。

われわれの祖先というのは、最初は水の中に住んでいて、シーラカンスみたいな格好をしていました。いまからでも、五億年ほど遡《さかのぼ》れば、ああいう格好になってしまうわけです。その後一回も途切れることなく、親が卵を産んで、卵が親になって、その親がまた卵を産んでという繰り返しを続けていたら、いつの間にかその卵から、人間ができるようになってしまった。

では、魚の代で何をしたかというと、陸に上がったわけです。陸に上がると歩かなければならないし、いろいろと運動しなければいけない。そうなると、脳の中に運動のソフトがどんどんできてくる。その運動が下手《へた》なやつはどうなったか。それはほかの魚に食われたりして、とにかくいなくなった。こうしてだんだんソフトがリファイン、つまり洗練《せんれん》されてきます。五億年もかかっているんですから、そりゃあ、いいものができてくる。

頭の中のソフトを横から調べる

われわれの身体というのは、重力の性質というものを非常によく心得ています。なにも長嶋さんに限らず、すでにそれなりのソフトを、自分の中に持っています。ここからあっちに歩こうと思えば、まったく間違えないで歩ける。右の足をどのへんに置いて、次に左の足をどのへんに置いて、なんて考えながら歩いたら、かえって足がもつれてしまう。そんなことをしないで歩けるということは、われわれの脳の中にソフトが完全に入っているということなのです。

そうしたソフトを、ニュートンはニュートン力学という形で、頭の中から外に出してみせた。どうやったのか。ニュートン自身の頭を使って、脳というコンピュータの中のあるソフトを、横から調べてみたのです。

頭の中のソフトを横から調べると、一体何が起こるのか。縦《たて》に書いてあるソフトに、横から妨害が入ってくる。いじっちゃいけないソフトをいじるわけですから、今度は縦に書いてあるソフトがうまく動かなくなる。

そのおかげで、ニュートンは運動選手にはなれなくなった。私は、東京大学（東大）で長い間教えていましたが、東大の学生は、運動のできないものが多い。ご存じのように、野球でも最下位を走っています。それはなぜかというと、自分のソフトを横からいじっているんだろうと、こういうことになるわけです。

皆さんは物理が大嫌いかもしれませんが、かなりの方は物理的運動のソフトを、好きも嫌いもなく、自分の頭の中に持っています。ここにある椅子だって、背もたれの部分を片手で持ちあげてバランスをとれば、グラグラさせずに止めておける。これを力学では、つりあいの条件を満たしているといいます。

つりあいの条件を満たしているということを理屈で教えるのは、それだけでたいへんなことです。しかし、われわれは力学をちっともわからずに、その実践をすることができます。人間というものは、自分ができることの説明ができないのです。

これはある見方をすれば、超能力です。なぜなら、自分でわかっていないのにできてしまうからです。わかるとすれば、それは古典力学がわかるということで、これについては、かなりの人がわかっていないということがわかっています。

それは、たとえば東大の入試をしてみればすぐわかります。入学試験で学生をとるのに、古典力学の範囲から問題を出せば、ちゃんと学生の選別ができる。できるものとできないもの、わかっているものとわかっていないものとは、そこで分かれてくる。

私たちが人のことがわかるというのは、じつは、横から見たプログラムの見方であるということなのです。

いい換えれば、自分のプログラムがどのくらい読めているか読めていないか、ということでもあります。ただ、読めたらいいのかといえば、そう簡単にはいえない。読めたら読めたで、今度はプログラムが壊れてしまう。そうなると、肝心の運動ができなくなる。どちらもオーケーというわけには、なかなかいきません。

宮本武蔵のやり方

頭の中のソフトを読むことについて、日本ではどうやっていたのか。私はよく、宮《みや》本武蔵《もとむさし》だよ、というのですが、宮本武蔵は生涯に六十何度戦って、一度も敗れたことがなかった。どういうことかというと、コンピュータが二つ競争したと思えばいいんです。

相手のコンピュータのプログラムを、武蔵のコンピュータのプログラムが全部含んでいて、それ以外にプラスアルファがついていた。そうなると、どうしたってプラスアルファのついているほう、つまり、宮本武蔵が勝つことになる。基本的には同じプログラムでありながら、プログラム自体を大きくするというのが、宮本武蔵のやり方だったんです。

西洋型がソフトを横に出すやり方だったとすれば、日本型はそれを縦に出していった。これは、横に出せばそれなりのわかり方ができ、縦に出せばそれなりの使い方ができる、ということでもあります。

頭の中で距離をつくると、ものごとはわかるが、ものの役には立たない。つまり、本来のプログラムの目的からはズレてしまう。そういうことを、われわれは自分自身について、しょっちゅう引き起こしているのだろうと思います。ものがわかるということは、長嶋さんが力学を理解するとおそらくホームランが打てないように、だいたいが役には立たないということです。

ヒトの構造

ダ・ヴィンチの描く骨

建築と解剖《かいぼう》は、ある意味ではまったく違うものです。私は解体屋ですが、建築はつくるほうです。しかしよく似ている点もあります。それは構造を扱っているということです。レオナルド・ダ・ヴィンチは解剖図をたくさん描《か》いています。小さな紙に描きこんでいますが、よく見るとときどき解剖図の脇《わき》に建築物の設計図が書いてある。レオナルドが、人体と建築をある同じ面から見ていたというのはたぶん間違いない。

彼が骨を描くと、おもしろいことに必ず複数の骨を描く。それ以前のヨーロッパの骨の描き方では全身を描くわけですが、レオナルドは複数描く。そのあとで一個を描くという時代がまた始まるわけですが、そのちょうど中間にレオナルドがいました。よく見ると二個骨を描いています。二個の骨の中心に何があるかというと、関節がある。レオナルドが描きたかったのは、じつは機械としての人体、とくに動きだったのです。機械として人間を考えた場合、いちばん不思議でかつ解明しやすく、目立つのは、動くということですから。その動くということの構造に、レオナルドは興味があったのだろうと思います。

骨と橋は同じ構造を持つ

構造の見方について、五つの観点から述べてみたいと思います。

私の職業は、人体というものを構造として見る職業です。おそらく建築の方も同じではないかと思いますが、解剖をする人間は、ある特定の見方を持っています。いちばん典型的な見方が、いま述べたレオナルドふうの見方であって、つまり人体を機械として見る見方です。私はこれを機械論と呼んでいます。

二〇世紀のはじめのこと、橋をつくっていた工科大学の教授がスイスにいました。その人が、マイヤーという解剖学者の講演をたまたま聞きにいった。マイヤーは、講演をするかたわら標本を展示していた。それは大腿骨《だいたいこつ》の縦切り見本でした。

橋を設計していた教授は、その標本を見て、「あっ、俺がつくっているものと同じだ」ということに気がついた。大腿骨を割ったものをご覧になったことはないと思いますが、小さな骨の梁《はり》が特定の走り方できれいに走っていまして、大腿骨を縦切りにすると、その梁がきれいに見えるんです。

つまり橋をつくっているスイスの教授は、橋の力学と大腿骨の骨梁《こつりょう》力学は、じつはまったく同じだと気がついたわけです。彼はチューリヒ工科大学の教授でしたが、さっそく学生に計算を命じた。建築の方にはよくおわかりだと思いますが、彼は片持《かたも》ち梁《ばり》の設計をいたしました。そして基本的に最小限の材料で最大の強度を出すということを考えると、じつは骨も橋も同じであるということがわかったのです。

このような考え方が、一九世紀から二〇世紀を通して、いちばん基本的な解剖の考え方の一つです。

それがさらに発展して、人間は自分の身体の中にある構造を外部に投射するという考え方が出てきます。たとえば海底電線というものがありますが、あの断面図を見ると神経にそっくりだというようなことです。

われわれはピアノという楽器を持っています。このピアノは、一体誰が最初に考えたのか。どうしてああいうものをつくることができたのか。こういう問題を考えると、われわれの聴覚系の神経細胞は、ピアノとまったく同じ原理で並んでいることに気づかされます。ピアノの鍵《けん》の配列とほとんど同じように並んでいるのです。

周波数の低いものから高いものまで、ずうっと皮質《ひしつ》の中に神経細胞が並んでいます。仮に一〇〇サイクルの音を聞かされたとします。そのときに脳では、特定の細胞が反応している。一〇〇〇サイクルを聞かせるとある距離を置いた別の細胞が反応しますが、一万サイクルを聞かせるとまた別の細胞が反応する。

それぞれ反応する細胞同士の距離を見てみると、等距離。一般の方にはちょっとわかりにくいかもしれませんが、じつは距離の対数《たいすう》をとって並んでいます。これはピアノの鍵盤が並んでいる原理に非常によく似ています。

そういうことを考えるようになったのが、一九世紀の終わり頃でした。われわれのつくりだすものというのは、じつはわれわれの身体を無意識に外に出しているという考え方が、すでにその頃にはできています。

何のためにかいえないものがある

次に二番目の観点ですが、たとえば「心臓は何をするものですか」と聞かれたとき、

「心臓は血液を送るポンプです」と返事をすると、一般の方はだいたい納得して黙る。これは一見機械として見ているようですが、そうではない。これは働きで見ているのです。

京極純一《きょうごくじゅんいち》という法学部の政治学の先生がおられて、その方が書かれた文章で一つだけよく覚えているものがあります。それは、「この国は実利と効用に尽きる」という文章です。

身体の場合でも同じことがいえます。「目玉は何のためにあるか」「ものを見るためにある」、「鼻は何のためにあるか」「においを嗅《か》ぐためにある」というふうにいうと、そこで話は打ち切れます。働きで説明するこういう考え方を機能論といいます。おそらく一般の方が身体について説明を求めるときには、この機能論を要求しておられます。じつは、それは必ずしも成り立つとは限らないということを、次にお話しします。

普通気がついていただけないのは、機能というものは、ある枠組《わくぐ》みの中だけで成立するものだということです。枠組みが違うと全然意味がなくなってしまう。

たとえば卵巣《らんそう》と睾丸《こうがん》は、男と女の典型的な器官です。これはご存じだと思いますが、取ってしまっても寿命《じゅみょう》にはいっさい影響はない。だから昔の中国では宦官《かんがん》という制度によって睾丸を取ってしまったわけですが、それでも別に死ぬわけじゃない。医学では当然のことに、個人の寿命ということがいちばんの価値になります。その医学の見地からすると、睾丸とか卵巣はいらない器官です。なぜなら寿命にかかわりません。

研究者が、ある器官の働きを調べるときにまず何をするかというと、その器官を取ってしまう。その器官を取って何が起こるのかを見る。死んでしまうと、これは重要な器官だとなる。内分泌《ないぶんぴつ》器官、たとえば脳下《のうか》垂体《すいたい》は非常に小さな器官ですが、それを取ると死んでしまいますから重要な器官だということになります。

では、寿命に関係ないからといって睾丸を取ってしまうとどうなるか。子どもができないことがわかる。つまり子どもをつくるという枠を置かないと睾丸の機能は理解できない。このように、働きというものは、大きな意味での枠組みを前提にしているわけです。これが機能論の特徴です。

家という構造でも事情はまったく同じだと思いますが、たとえば「デザインというのは何のためだ」といわれるとちょっと困るのではないでしょうか。

ヨーロッパの大学へ行くと構内を案内してもらいます。ドイツの大学では、最近、大学の経費のうちのたぶん二パーセントとか四パーセントだと思いますが、それをモダンアートにかけるという法律があるようです。私は理科系だから、行けばおよそアートに関係ない人たちが案内してくれます。そうすると、彼らは必ず渋い顔をして、「あれを見ろ」という。モダンアートが外に置いてあって、けっこう場所をとっている。なんでこんなものがあるのか。なんの役に立つのかという視点から、つまり機能論からいうとその存在はわからない。

それを説明する機能的な枠組みを持っていないというのは、一つの逃《に》げ口上《こうじょう》ですが、機能論では、説明がつかないものがあるということです。

個体発生的説明、歴史的説明

三番目の観点が、「それはどういうふうにしてできてきたか」という説明です。これは生物のほうでは個体発生といっています。いま、われわれはいちおう人間の格好をしていますけれど、ずっと遡ると、ただ一個の球になってしまう。つまり受精卵という球になる。小さな直径〇・二ミリぐらいの球がわれわれの大きさに育ってくる。そしてだいたい人間の格好をとる。これが個体発生です。

このような個体発生的にものを説明することを、おそらく建築でもされると思います。たとえば、家をつくるときに、こんな工夫をした、あるいはこんな手順でやったというように。ピラミッドやギリシャ神殿をどうやって築いたのか、これはやっぱりいま、われわれが見ても不思議だなと思うわけで、やり方を説明されると、なるほどと思いますが、そういうタイプの説明があります。

そして四番目は、歴史的な説明です。個体発生的な説明と歴史的な説明はどこに違いがあるのか。歴史的な説明では、「家の形というのはこれこれこういうふうに時代とともに変わってきた」という説明になります。しかし個体発生的な説明は、そっくりなプレハブが二棟あったときに、こっちの家とあっちの家は違うじゃないか、なぜだということを説明する。

よくいわれた話ですが、アメリカの車は金曜日につくった車と月曜日につくった車はできが悪い。これはつまり個体発生の問題。一方で車のエンジンが車の前についているのはどうしてかという議論があって、それに対して車が馬車の代わりだったからだという説明があります。つまり馬車の場合には必ず馬が前にいるので、エンジンも前につけたという考え方。これは歴史的な説明です。

学生にもよく話すことですが、人体を見るときにはだいたい以上の四種類の説明を用意します。これはそれぞれ独立に成り立つので、それぞれ別々に説明ができます。

遺伝子という設計図

最近はもう一つ、五番目に「情報」という観点が入ってきています。情報という観点で見るとどういうことになるか。先ほど、〇・二ミリほどの球体がわれわれの身体になると述べましたが、それはどうしてか。卵の中にゲノムと呼ばれる遺伝子の一揃《ひとそろ》いがあって、それだけ揃えば人間ができる。犬のゲノムだと、それだけ揃えておけば犬ができる。ゲノムは、そういう遺伝子のセットを指している。

その遺伝子というのは何に相当するか。平たくいえば設計図、プログラムであるということになります。そういう設計図にしたがって展開してできるのが発生ですが、その発生を生物が自発的に繰り返すと、設計がだんだんずれてきます。ずれてきて起こるのが進化です。

現在の生物学では、進化、系統発生については普通プログラムはないというふうに考えています。プログラムはなくて自然選択である。うまくいくものが残って、うまくいかないものが滅びる。単純にいえばそういう考え方です。

しかし個体発生はそうではなく、ゲノムという形で設計図が入っている。それが展開する。その結果、個体ができてくる。ゲノムに対してわれわれは最近では遺伝情報という言葉を使います。

そこで情報として生物を見たときに、生物が持つ情報系がまず出てきます。すなわちそれが遺伝情報です。これはかなり固定したもので、遺伝情報を変えるわけにはいかない。そこで遺伝子操作と呼んでいますが、それを変えることを考えている。

そもそもの始まりは頭の中

もう一つは、生物の持っている情報系統である脳です。よく脳というものはむずかしいといわれます。脳の専門家は、脳はとても複雑でむずかしいから遠い将来にならないとわからん、ということを必ずおっしゃる。しかし、それでは間に合いません。

神経細胞の生理学でノーベル賞をもらったエックルスというオーストラリアの人が、晩年になってから、「脳と心は違う」といいました。「心は胎児の間に神様が植えつける」といったから、日本の科学者はエックルスが気が変になったかと思った。しかし必ずしもそうではありません。

われわれは人が話せばその話を聞きます。聞いているということは脳の働きです。私がしゃべるのも脳の働きです。頭の上横にドリルで小さな穴を開けて麻酔薬《ますいやく》を入れると、私はすぐに黙る。そのような単純な実験をするとわかることですが、われわれの意識というのは基本的には脳の機能、働きです。

人間がつくるということは、脳によってつくるということです。建築家の方は典型的にそれをやっておられると思います。設計図を引いて、その通りに建物をつくる。建物はどこにあったかということを考えると、そもそもの始まりは人間の頭の中にあったということになります。そうすると、われわれが座っているこの空間というのは、じつは設計した人の脳の中だ、という比喩《ひゆ》を持ってきてもいいわけです。

私はそういう空間を人工空間と呼んでいます。人工空間と呼ぶのは人間がつくったからです。それはもともと脳の中にあったものです。人工空間の中に人間が住むようになるということは、人間が脳の中に住むようになるということです。考えてみると、この変化は、急速に起こってきたことです。

私は、都市は人工空間だと定義しています。なぜかというと、平城京《へいじょうきょう》にしても平安《へいあん》京《きょう》にしてもあるいは江戸にしてもそうですが、最初に人間が設計しているから、道路が碁盤《ごばん》の目《め》に引いてあります。

東京は無秩序な町ですが、そもそもの始まりは間違いなく人工空間です。山を削《けず》り、お堀を掘って、余った土で海を埋め立てる。そこにできた更地《さらち》に碁盤の目を引いたのが下町でした。

ものを運ぶために川もコントロールしました。どのようにしたかというと、利根川《とねがわ》の流れを変えて銚子《ちょうし》に持っていく。利根川の水量のかなりの部分は銚子のほうに流れるようになる。そうやって人が環境を変えていってつくりだしているのが人工空間です。建物は典型的にそうですが、その建物の集合である都市も人工空間です。

何でものを見ている

構造というものを見るときに四つの観点があり、新しい五つ目の見方として、私は情報という観点を述べているのですが、その情報の担《にな》い手《て》が先ほど申しあげたように、遺伝子、ゲノムです。そしてもう一つの担い手が脳ということになります。この二つの情報系が、追いつ追われつをやっているわけです。

それはどういうことか。乱世では強い者が勝つというイメージがあります。そのイメージはどこに一致するかというと、まさに進化に一致します。自然選択というのは、昔は適者生存といっていました。生存競争という言葉も使われましたが、そういうイメージは明らかにゲノムの世界のイメージです。

脳の情報がリードすると、江戸に典型的に見られるように、人工空間が優先します。私は制度そのものもだいたい空間と考える癖があります。私の専門は解剖ですが、解剖というのは生物の構造を扱うので、ものを時間的に全部止めてしまいます。ご存じのように解剖は死んだ人でないとできない。動いているものは、じつは構造がよくわからない。構造には、それを知るためには動きを止めないといけないという性質があって、すべてを止めてみるという癖が私にはついている。そういう観点がじつは構造なのです。

構造的な観点はどこから来るかを、脳から説明したいと思います。目というと目玉だとお考えになりますが、じつは目というのは脳の出店《でみせ》です。発生のときに目が出てくるところを見ていると、脳がふくれだして網膜《もうまく》ができます。視神経というものができあがった形では、目玉の奥にある膜と脳がつながっています。視神経は普通の神経ではありません。脳が出たものですから、脳の中の神経と同じで、解剖学的には脳の一部ということになります。

われわれがものを見るのは、目玉で見ているのではなく、脳を含めた視覚系で見ているのです。構造という観念が発生するのは、脳でいえば視覚系の働きなのです。視覚系は構造を捉《とら》えるわけで、そういった視覚系の中で、たぶん建築の方も設計図を引かれるのでしょう。そして、その設計図通りに建物をつくります。

脳化社会の出現

江戸の話にもどると、実際の空間を人工的につくるだけではなくて、さまざまな制度をつくっています。官僚制ができてくる。私は、かつて東大の医学部の解剖学第二講座の教授でしたが、たとえば私が事故にでも遭《あ》って死んで一週間か二週間すると、教授会の中に解剖学第二講座の教授の選考委員会ができて、後任をどうするかを検討しはじめます。これでおわかりのように、存在しているのは私ではなくて講座なのです。

それを考えると、官僚制というものは明らかに空間だということがわかります。こういうものを私は仮想空間といっています。知性というものは、じつは実際に空間を人工化すると同時に、脳の中から生じた空間を、仮想空間として外につくっています。それが典型的な制度、官僚制度です。すべてを構造的に見るとは、こういうことを意味しています。

これを、私は脳化社会と呼んでいます。脳が化《ば》けたというふうにいうのですが、脳化という言葉は私がつくったのではなくて、じつはこれは比較解剖学の用語です。脊椎《せきつい》動物、魚から人間に至る系列をずっと観察していると、古いものほど脳が小さい。新しい動物ほど脳が大きい。それを比較解剖学では単純化して、脳化＝エンセファリゼーションと呼んでいます。それを応用すると、人間の社会も脳化してきているのがわかります。

脳化の行きつく先が何かというと、都市です。都市は、建築家の脳の中に住んでいる。あるいは、さまざまな方が設計したシステムの中に住み着いている。

逆に、人間が設計しなかったものを自然と定義します。脳の中になかったもののことです。では、人間の身体は何か。人間の身体は自然です。身体を生じさせるのはゲノムですが、このゲノムは人間が設計していません。もともとそのようにできています。

服を着るのはなぜかを説明するときに、皆さんはだいたい機能論をとります。つまり寒いから着る。これが機能論。じゃあ暑いときは裸でいいのかという話になります。そうはいかないで、暑いときは暑いときなりのちゃんとした服装をします。

人工空間の中に自然物を置くときには、それは人工物ですよという「みなし」をかけます。服を着ることによってみなしをかけると、あたかも身体が取り替え可能なもののように感じられてきます。それぞれの時、それぞれの場所にふさわしい格好をしてこいというルールが、それで成り立つわけです。

居心地のいいところ

近年までずっとやってきた私たちの歴史の方向は、意識せずして非常に強く脳化をしていく方向でした。この脳化とは、いい換えると意識的なもののことです。それを脳でいうと、おそらく大脳の新皮《しんひ》質《しつ》といわれる部分の働きです。

ところが感情であるとか、美しさとか、そういうものは新皮質だけの働きでないことは間違いない。どこの働きなのかというと、旧皮質あるいは古い皮質と呼ばれる部分の働きです。旧皮質は、ある程度は動物も人間と同じように持っている部分です。

人間は非常に大きな新皮質がついてしまったから、動物とはかなり違った状況になっていますが、旧皮質は必ずしも意識的ではない。ご存じのように、感情というものはしばしばコントロールできません。コントロールするのは新皮質ですが、怒ったり笑ったりするのは古い脳の機能です。

景観とか都市の話題になると、人工のものと自然のものとの調和が問題にされます。私は、脳がつくったものは人工だというふうにいってきました。そうすると理屈をいう方は、脳も自然じゃないかとこうおっしゃる。それはその通りで、イタチごっこで結論は出ません。

生物の持っている情報源は遺伝子と脳だと述べました。すると、その脳をつくるのは遺伝子じゃないかとおっしゃる生物学者がおられます。その通りです。しかし遺伝子というものを考えて分析して、こういうものですよと説明したのは脳ですから、これは二匹の蛇《へび》がお互いにシッポを食いあっている構図になる。どっちが先ということはありません。

意識は、自分の脳が何をしているのかを知っているわけですが、知っている部分と知らない部分があります。そしてその知らない部分を自然、知っている部分を脳、と私は呼んだわけです。

　われわれが住むのにいちばん楽な環境、安心できる環境は、私ども個人個人がそれぞれ持っている心と身体です。この場合、心は意識的なものと解釈します。身体というのは自然がつくったものです。そのとき、われわれの中につりあいがあるはずで、そのつりあいが狂うと居心地が悪くなるんだろうというふうに私は思っています。

　つまり脳のほうに行きすぎても、どうも居心地が悪い。私はそれを脳化社会というふうに表現しましたが、しかし完全に自然状態にもどそうといってもこれもやっぱり居心地が悪い。つまり不気味な世界になってしまう。

　われわれ個人が持っている自然と人工、あるいは身体と脳のつりあいのようなもの。そのプロポーションを私は数字に出すことはできませんが、そこに外部の環境が落ち着いていくのがいちばん安心できるのではないかと思います。

自分を知る

ある事件

私は長年、大学で解剖を教えてきました。解剖について具体的に想像する方はあまりいないと思います。解剖は実習が中心で、医学部の学生四人に一人ないしは二人に一人の遺体を渡します。そして教科書を与えておいて、ある手順に従って実習をさせる、すなわち解剖をさせます。

大学で教えているといっても、あまり教育しているという気持ちはない。とにかく現物を与えて学生にそれをやらせておけば、ひとりでにいろいろなことを考えたり、学んだりするだろう、ということで、非常に楽な授業でした。とくに若いうちは、だいたい教えているという気がこちらにないから、学生と一緒に遊んでいるという感じでした。

私が教育ということを改めて考えだしたのは、ある事件が大学で起こったからです。いつものように学生が実習をしていました。私は部屋にもどってたばこを吸っていました。するとひとりの学生が来て、こういいました。「先生、お願いがあります。尊師《そんし》が水の底に一時間いるという実験を富士宮《ふじのみや》でやります。ついては立会人になっていただきたい」

これにはびっくりしました。まず尊師というのは何者であるか。私は、当時は知らなかったし、富士宮がどこにあるのかもわからない。しようがないので、子細《しさい》を問いただしました。「あなたは何をしているの」と聞くと、学生は「ヨーガをやっています」と答えます。「ヨーガをやって何かいいことはあったの」と聞くと、「いいことがありました。まず食欲がなくなって、性欲がなくなりました。一日二食ですみます」と、こういいます。

私はこれでも医師免許を持っており、医者の端《はし》くれです。生きた患者さんは診《み》たことはないが、唯一《ゆいいつ》の例外があって、学生のおかしいやつに長年つきあっている。だから、来た人が分裂病（統合失調症）かどうかが本能的にわかる。普通そういう学生が来ると、精神科の外来に電話して、いまから学生を一人やるから、よろしく頼むといいます。しかし、この学生についてはそういう気になりませんでした。藪《やぶ》医者の判断ですが、この学生はおかしくない。でもおかしくないとすると、もっとおかしいんです。五分間、酸素や血液の供給を止めれば、脳は回復不能な障害を起こします。そういうことは、その学生はよくわかっているはずです。だいたいそのような知識をきちんと操作して答案が書けなければ、東大の医学部に入ってこられるはずがない。しかし同時にその頭の中で、人間が一時間も水の底にいてなんともない、それを手品ではないと思っている。このような二つの知識が平然と同居しているという人を、私は見たことがなかった。ほんとうに愕然《がくぜん》としました。

癌《がん》告知をされたらどうする

そういったことがいろいろあって、そのうちに私は大学をやめてしまった。それで一年浪人をして、その間にちょっと勉強してみました。なんとかオウム（当時。以下同）の学生のことを理解しようと思って、私なりに努力したつもりです。そして一年後に、誘ってくれる人がいて北里《きたさと》大学に移りました。別の理由もあって移ったのですが、そこで私は教養を教えるようになりました。

なぜ教養を教えるようになったかというと、やっぱり若い人の教育が大事だと思ったからです。私には、どうしてオウムが育ってきたのかが最大の疑問でした。若い学者たちのお書きになったものを読ませていただいたりして、やっとわかってきたのは、ほんとうに時代が違ってきたなということです。

私が教養で必ず最初にする講義は、知るとは何かということです。当然のことですが、学習とはある意味で知識を得ることだといっていい。しかしいまの若い方は、私の時代とは間違いなく前提が違っていて、「自己」と「知ること」は別になっている。そのことがやっとわかってきたのです。

それはどういうことなのか。たとえばイギリスの片田舎《かたいなか》の町の教会を知りたいと思う。インターネットの使い方を知っていれば、ちゃんとその教会が出てきます。ものすごく細かいレベルまで、さまざまな知識をコンピュータで得ることができます。だから若い人にとっては、知識というのはコンピュータの中に入っているものです。あるいは本の中にあって本棚に並んでいるものです。いろいろな、とにかく自分とは関係のないところにあるものです。それをどのように引っぱりだすか。それが知識なのです。そういう知識として、サリンのつくり方を調べ、実際にやってみたら、サリンがつくれたということなのです。

その行為と、それをやっているほんとうの自分自身、自分が考えている自分自身とは関係がない。知ることは自分とは独立したことなのです。オウムの事件を調べてみると、非常にそれがよくわかります。「知」はいまの若い人にとって、すべて技法、つまりノウハウなのです。自分とはかかわりのないこと、しかしそれを知っていて操作できる関係にすぎない。

つまり、おもちゃや、コンピュータや、さまざまな道具と同じことであって、知ることというのは、自分からは独立した別の作業なのです。私はそれを操作可能といっていますが、知識が操作可能なものとして受け取られていて、自分とは別のものなのです。ここが非常に重要なところです。

だから、麻原彰晃《あさはらしょうこう》が水の底に一時間いるということと、私たちが教えている酸素なり血液の供給を五分間止めたら、人間の脳は回復不能の障害を起こすという知識が、ある学生の頭の中では平然と並んで走っていたわけです。彼にとっては、両方ともが同時に成り立っていてちっとも構わない。都合のいいときに、都合のいいほうを使えばいい。それがノウハウとして知ることなのです。

では、自分と独立した「知」はあり得ないことをどうやって教えるか。私は学生に、自分が癌《がん》告知をされたらどうするかを考えさせる。あと三ヵ月とか六ヵ月と宣告されたら、どういうふうに考えるかと。

つまり、癌の告知をされる以前の自分と、告知をされたいまの自分は、違う自分なのです。そんなことは告知をされた方はよくご存じのことです。癌は一例にすぎません。すなわち、そうやって何かを自己と関係づけて、ほんとうに自分のものとして知れば、自分が変わってくる。自分が変わるということは、過去の自分が部分的に死んで、新しい自分が生まれるということです。

最初に述べたように、以前の私はとくに教育ということは考えなかった。しかしオウム発生以来、「知るとは何か」ということをまず学生にいうようになりました。

「離人症」的訴え

いまの若い人が、そういった意味で、知と自分とは別だと考えるようになった要因のいちばん端的《たんてき》なものは何か。

私が育ってきた時代と、いまの子どもが育ってきた時代で、第一に決定的に違うことは、テレビのあるなしです。お母さんが忙しいものだから、小さな子どもがテレビの画面をジーッと見ている。私は、うちの子どもがそうやっているのを見たことがあって、そのときにこれはまずいと直観的に思いました。

子どもは、テレビの画面に引き入れられている。テレビの画面の中では、ご存じのように、人間が出てきて言葉をしゃべっている。何人もの人物が出てきて、その中でいろいろなことが起こる。

そこで唯一外《はず》されているのは誰か。見ている子どもです。そして子どもがそれに対して怒ろうが、笑おうが、何を話しかけようが、テレビは考慮に入れない。いっさい子どもの働きかけには関係なしに自分で実行していきます。

こういう体験が積み重なっていくと、世の中で起こっている事件は、だんだん現実感がなくなります。すべてテレビの中の出来事と同じで、しかも自分はそれから離れているという感覚になります。それはきわめて自然な成り行きです。

香山《かやま》リカさんというペンネームの精神科の女性のお医者さんがいて、若い人のことをよく書かれていています。私は勉強のためによく読んでいるのですが、最近は離人《りじん》的な訴えをする若い人が多くなってきているという。「離人症」というのは、自分のことであっても、あたかも他人のことのように感じられる病《やまい》です。何か遠いのです。

学生のレポートを八〇〇枚採点していたときのこと。レポートは「人間について」という出題で、家族について書かせたものです。それを読んでいて驚いたことがありました。香山さんの本を読んで知ってはいたのですが、その中に「じつは私はいま、ときどき自分の家族が口をきいているロボットか人形のように見える」という告白をしているレポートが二枚ありました。これが典型的な症状の一つです。

とにかく見たところは人間だし、しゃべっていることも違和感がないし、しかもちゃんとしゃべっているのだけれど、どうしてもそれがある現実感をもって自分に訴えてこない。テレビの世界が移ってきて現実の世界となり、現実の世界の登場人物が機械人間となる。私たちの学生時代には、これを精神科で分裂病の初期に発現する症状だと習いました。

これは現代社会にきわめて普通に起こることです。機械のように見えるということに、さらに自分の頭のほうで継《つ》ぎ足《た》して、宇宙人が入りこんで乗っ取ったんだというふうになるまであと一歩です。そういう社会をわれわれがつくってきたのです。

子どもは親が生きたようには生きられない

私の子どもの頃を考えると、そもそもテレビがありませんでした。私がテレビをはじめて見たのは、小学校五年生か、六年生のときですから、私が育った環境と、オウムの学生が育った環境はまったく違うというしかありません。それをもっと遡《さかのぼ》って考えたらどうなるのだろうか。私には、自転車操業という言葉が浮かんできます。

自転車操業というのは、じつは私たちは明治以来同じことをしているのではないかということです。つまり親が育ったようには子どもを育てていない。福沢諭吉《ふくざわゆきち》がそうでした。福沢諭吉はある意味で非常に偉い教育者です。あの方の根本的な信条は、封《ほう》建《けん》制度は親の敵《かたき》ということにありました。しかし福沢さんの子どもの時代になると、敵にすべき封建制度がない。子どもは親が生きたようには生きられない。基本的な問題はそこにあります。

私はテレビのない時代に育った。だから子どももテレビがないように育てたかというと、テレビがあるように育ててしまいました。そうすると何が起こるか。ある年齢になって、子どもがオウムみたいになって、話しあいがつかないのは当たり前だなと思うわけです。

教育の問題はそこにあります。自分が育ったように子どもを育てないことについて、われわれはなんと考えてきたか。われわれはそれを「進歩」と呼んできました。それでは人間は無限に進歩するものなのか。そして、一体何が進歩なのかという問題が起こってきます。

新聞を読んでいたら、小学校しか出ていないが、苦学力行《くがくりっこう》して偉くなり、大会社の社長になって、お金をたくさん儲《もう》けたという人の話が出ていました。その人が若い人が勉強できないのはかわいそうだからと奨学金《しょうがくきん》をつくるという記事でした。そのときに私は思わず大きな声を出して、「なんでそんなことをするんだよ」といった覚えがあります。それで女房にたしなめられました。「人がいいことをするというのに、あなたが文句をいうことはないでしょう」と。

なるほどその通りですが、私がいう意味は違うのです。その人は苦学力行して成功したのだから、どうして若い人に、俺がやったようにやれ、といわないのかなという疑問を感じたのです。皆さんはどうお考えでしょうか。

俺は金がなかったために、苦労してここまできたから、おまえさんたちには金を出すよ、というのは親切です。私のへそが曲がっているのかもしれませんが、もう一つそこで起こってくる疑問があります。その成功した方は、過去の自分の人生をはたして肯定しているのか、否定しているのか。そのことが私の頭の中に漠然とあった疑問です。

つまり私は、自分の過去を肯定していない人が教育者になれるか、という疑問を呈《てい》しているのです。自分が受けた教育は戦前の教育で、あれは間違っていたという人がいます。しかし、それはおかしい。その人が現在このように育ってきた中に、戦前の教育も含まれていたわけで、そうした自分が受けてきたもの、自分の過去というものをすべて否定してしまってよいのかということです。

それをさらに広げていうことができます。日本の社会で、私たちの歴史の書き方、あるいは一般的な世間の考え方は、過去を否定する。明治時代では、封建制度は親の敵です。戦前は軍国主義で、これはつぶせ。つまり自分は苦学力行してきて、現在は出世してうまくいっているけれども、あれはよくないということと同じなのです。どこまでそれをいっていいかというのが、私の疑問点です。

私は小学校のときに終戦を迎えました。だからB29が頭の上に焼夷弾《しょういだん》を落とすのを見ています。空襲警報が鳴れば、眠い目をこすって防空壕《ぼうくうごう》に入ったりしました。古い話ですが、食べるものがなくて、カボチャとサツマイモを一生分食べたから、もう食べないといっています。では、そういう生活が悪かったかというと、私は別に悪いとは思わない。

昆虫採集なんか、当時はうちの近所でいくらでもできた。それに比べれば、いまの子どもはかわいそうだなと思っています。私は悪ガキだったから、しょっちゅう近所のおっさんとか、知らないおばさんに怒られていました。塀《へい》に登っている、木に登っているというので怒鳴《どな》られる。おそらくいまは、よその子どもを怒鳴るおじさん、おばさんはほとんどいないだろうと思います。

うちの娘が、ブツブツいっていましたが、電車に乗っていたら、身障者、老人の方の優先席に若い女の子が座っている。前におばあさんがいるから、譲《ゆず》ってあげなさいよといったら、聞こえないふりをした。うちの娘は気が強いものだから、あんた聞こえないふりしないでよといったらしい。それで何が起こったか。座っている女の子が泣きだしたそうです。

これも私には異人種としか思えない。しかし結局、それを育てているのはわれわれなのです。オウム事件が起これば、あれは特別な人だという。これは世間の構図で、戦前から変わっていません。

われわれは、社会の過去をずっと否定してきましたが、その過去も、それはそれで教育に非常に大きな影響を与えているに違いないと思うのです。

なぜ脳の新皮質が大きくなった

ここで、基礎的な問題、脳の問題について述べたいと思います。人間という動物のいちばん大きな特徴は直立歩行をすることだとよくいわれますが、もう一つ、誰でも知っている大きな特徴があります。それは脳が大きくなったということです。われわれの脳は、チンパンジーの三倍です。チンパンジー、ゴリラ、オランウータンは全部同じで四五〇㏄ぐらいの脳です。

もっとおもしろいことがあります。直立歩行を最初に始めた人間の先祖、オーストラロピテクスの脳容量は、やはり四五〇㏄です。だからこのへんの数字が始まりで、現在の皆さんの脳の平均の容量は一三五〇㏄だから、ちょうど三倍になっています。ミトコンドリアＤＮＡの計算が正しければ、七〇〇万年で三倍になったわけです。しかもその三倍のいちばん大きくなった部分は新皮質と呼ばれる部分だということがわかっています。

進化の過程で、人間あるいは動物の特定の器官が急速に大きくなるには、当然何か理由があるはずです。偶然だというのはおかしい。それではなぜ、とくにここが大きくなったのか。人間とチンパンジーの遺伝子は二パーセント弱しか違わないので、一生懸命にチンパンジーの遺伝子の解析をやっています。この二パーセントに原因があるということは間違いない。

いずれそれはわかってくると思いますが、どういう機構で脳が大きくなるのかということとは別に、現在の進化説では「自然選択」が有力な説になってきています。つまり環境が選択していった進化です。それでは一体人間の脳は、どういう環境のもとで、どうして大きくなったのでしょうか。

自然選択説を最初に考えたのは、二人のイギリス人、一人はチャールズ・ダーウィンで、もう一人はアルフレッド・ラッセル・ウォーレスです。この二人が、リンネ協会ではじめて自然選択説を提案しました。ところでおもしろいことに、ウォーレスとダーウィンの意見が食い違った問題が二つあります。

一つは、性選択といわれる現象です。平たくいうと、カブトムシの角《つの》、クジャクの尾のいわれです。カブトムシの角は雄《おす》だけ大きくなりますが、生きていくということだけを考えると、それはなくてもいいということがおわかりになると思います。クジャクは雄が扇子《せんす》みたいな羽を広げて、雌《めす》に見せる。あそこに目玉の模様が一五〇ぐらいついている。これは何のためについているかというと、雌に見せるためです。自然選択論者であったウォーレスとダーウィンはここで意見が食い違った。

進化の過程でなぜこんなことが起こるのか。ダーウィンは、それは雌の好みだといいました。つまり、角の大きい雄が雌に好まれるから子孫が増える。尾羽のりっぱな雄ほど雌に好まれる。現在の視点でいえば、目玉の数が多いほど雌にもてるわけですから、雄のクジャクの目玉はどんどん増える。といっても目玉模様のことで、実際の目玉ではありません。

それに対してウォーレスは、雌の好みなどという、総じていえば主観的な説明を導入してはいけないと主張しました。これはやはり自然選択として考えなければいけないと。いまはどういう説明になっているかというと、両者の折衷《せっちゅう》に落ち着いています。カブトムシの角でいえば、役にも立たない大きなものを持っているにもかかわらず元気だということが、雌に評価されるという説明になっています。

これはわかりやすい。大荷物を担《かつ》いで、それでも普通の人と同じように歩けば、あの人は体力があるという評価になります。

脳にとっていちばん重要なもの

二番目の問題が、ヒトの脳の進化です。ウォーレスは、ヒトの脳の進化だけは自然選択とは思えないといいました。

彼はアマゾンに三年以上、マレー諸島にも七年以上いました。一九世紀当時の、そういった地方の原住民の生活をよく知っていたわけです。そういういわゆる原住民、ほとんど裸で暮らしている人たちを、子どものときからイギリスのロンドンに連れてきて、学校に入れて教育をすれば、イギリス人と同じ生活ができると彼はいいます。当時としては、いわゆる進歩的な説でした。

近代生活に要求される能力は、原始的な生活をしていたとしても、ちゃんと脳の中に備わっているのだから、どう考えても、自然選択で人間のそういう能力が発達してきたとは思えないというのが、ウォーレスの意見です。

それに対してダーウィンは、脳の進化もやはり自然選択で説明されるべきだと思うといっています。皆さんはどちらの考えをおとりになるでしょうか。私は、ウォーレスの意見は、それなりに一九世紀的な偏見であるという気がします。

それでは人間の脳はどうやって進化したか。ポイントは脳に連続してかかってきた淘汰《とうた》圧《あつ》、選択圧です。たとえば、乾燥したところで生きている生物は、できるだけ水分を節約して生きることを考えださないと滅びてしまいます。要するに乾燥に耐えるというのが絶えず淘汰圧、選択圧になります。

人間は集団をつくって社会生活をする。そのときにあることを始めるわけですが、あることを始めた結果、それがコンティニュアス（連続して繰り返すこと）に淘汰圧になっているということは、素直に考えてみれば、おわかりになると思います。次にそのあることについて述べます。

結論を先にいえば、われわれの脳にとっていちばん重要なものは「共通了解可能性」です。こんな言葉は実際にはありません。私がただ漢字を並べてつくったものですが、人のことがわかるということが、人間の社会生活では有利か不利か、考えてみればすぐにわかります。

自分が腹が減ったときに何をするかがわかる人は、他人が腹が減ったときに何をするかわかる人です。だいたい管理職、いわゆる偉い人というのは、人のことがわかる人でなければ務まりません。

もう一つ、共通了解可能性のない人をどう取り扱っているかを考えてみます。共通了解可能性を典型的に保証しているものの一つは、言葉です。日本の社会に生まれて、言葉を語る能力がはじめからないとどうなるか。必ず排除されます。

直接ご覧になっていないかもしれませんが、そういう人はたくさんいます。この共通了解可能性は、身近なところでもいろいろな形で使われます。いじめもその一つです。あいつはどこか違うといって、差別するのも典型的にそれに相当します。

人は記号を使います。これが言葉です。絵を描くこともできるし、道具を使うことが簡単にできるようになります。人間がシンボルを操《あやつ》る動物だということは、すでに古くから気がついていることで、そしてじつはそれを保証しているのは、共通了解可能性だといいたいのです。

言葉が共通了解可能性を保証するものだということは、けっこうむずかしい。「とにかく話せばわかる」というように、言葉でかなりのことが通じます。そして動物は言葉が使えないということはご存じの通りです。それでは言語が保証している共通了解可能性とは何か。

クオリアの問題

少しむずかしい話になりますが、言葉で表現できないことはたくさんあります。端的な例をあげると、赤と青なら、その違いがわかる。しかし世界には、虹が七色であるという文化だけでなく、二色であるという文化、六色であるという文化もあります。

色は物理学的には光の波長だから、これは量的なものでしかありません。しかし、われわれが赤とか、青とか呼んでいるのは、どう考えても質的な違いなのです。つまり赤を何倍したら青になるかという感覚は、われわれにはないのです。赤と青はどうやっても違うものです。

これは脳ではクオリアの問題です。クオリアは質の単位ですが、赤と青の違いは、すなわちクオリアの違いです。ところが物理的に考えると、一定の時間内に、ある特定の神経細胞が何回興奮するかの信号だから、それ自体は量の問題です。だから、なぜ赤と青の違いが出てくるかを物理で説明してみろというのが、現在の脳科学で一つの難問とされています。

このクオリアを、言語はちゃんと赤とか青とかでいえるのですが、皆さんが赤を見たときに感じていることを、私は青を見たときに感じているかもしれない。こういう問題が残っています。しかしながら、言葉のうえではいっさい齟齬《そご》が起こりません。

私が青と感じて、皆さんが赤と感じているものを、逆に入れ替えても、はじめからそういう約束事でしゃべっているから、言葉のうえではほとんど矛盾《むじゅん》が生じない。じつは言葉というのは、クオリア自体を表現することはできるが、クオリアの中で起こっているさまざまな量的な関係は表現することはできない。それをわれわれは主観といっています。

そういう、頭の中で主観的にどういう感覚が生じているかということは、言語にはならない。なぜかというと、言語は外部に表出された記号だからです。

外部に表出された記号のことを、私たちは表現と呼びます。絵画も、音楽も、すべて表現です。こういった表現の非常に大きな特徴は、不変性を持っているということです。言葉も不変性を持っています。いったん言葉にした表現は止まってしまいます。映画もまた同じです。

いまはどこのレンタルショップへ行っても、映画のビデオ・ＤＶＤが借りられます。

一本借りてきて、一〇回それを観るとします。一回目ははじめてだからおもしろがって観るでしょう。二回目、三回目くらいまでは、いろいろ角度を変えて観ておもしろがれるでしょうが、五回、六回以上になると、もうたくさんということになるでしょう。

映画はまったく変わっていない。映画は最初から最後まで、シーンはいっさい変わっていない。反応がいちいち違うのは、われわれの脳がそのつど変わっているからなのです。

つまりわれわれの脳は二度と同じ状態をとることはない。私は脳をそう定義しています。脳が二度と同じ状態をとらないだけではなくて、現実は千変万化しています。じつはこんなことは中世の人は非常によく知っていました。彼らは、現実は諸行無常《しょぎょうむじょう》で、万物《ばんぶつ》は流転《るてん》するといったのです。

家畜化する人間

しかしいまや、言葉が最優先の世界になりました。いい換えれば情報の世界です。情報というのは表現ですから、いったん表現された以上は、すべて不変な性質を帯びてしまいます。現実は千変万化して、われわれ自身は二度と同じ状態をとらない存在なのですが、表現が優越する情報社会では、不変であるところの表現のほうが実在に変わっていきます。

反対に、絶えず変化していく実在のほうが実在感を持たなくなってくるという現象が起こります。それが「うちの家族がロボットに見える」ということであろうと思います。

共通了解可能性を追求するときに、言葉は非常に便利です。しかし言葉は表現だから、ものを止めてしまう。止めてしまったものを徹底的に頭に刻《きざ》みこむと、ほんとうに生きて動いている世界が実在感を失ってくる。それが現代の人間だ、ということをいいたいのです。

人間や世界は止まったものではなく、生きたものだということを、教育でどうやって教えるのか。先ほど、オウムの人が知識を操作可能性として、自分から離れたものとして考えていると述べました。それが進行していくと、自分自身というものが縮小していきます。経験が自分の肥《こ》やしになっていないからです。すべてが外部的です。それを理屈っぽく、英語ふうに表現すれば、クレバーであると。ものごとを扱うことには長《た》けているが、賢《かしこ》くはない。まさにオウムがそうです。

私は、林郁夫《はやしいくお》というお医者さんはそんなに悪い人ではないと思っています。あの人は中年の医師です。そういう人が、サリンをビニール袋に入れて、自分で持っていって、地下鉄の中に置いて、傘《かさ》の先で袋を破った。その姿を想像すると、はじめに述べたオウムの学生と同じように、まったく違和感があってわからない。本来はそういうことは起こらないはずです。

医師というのは基本的に人の命を救うということから始まった職業です。彼は、国家試験を通って、患者さんだって大勢診てきたはずです。それなのになぜあんなことをするのか。それを考えたときに、あの人はほんとうに生きていたのかなと思います。つまりあの人の自分というものが、それまで育ってきた人生の間で、どれだけ豊かになってきていたかということです。

先ほど、表現は外に出されると止まってしまうと述べました。そういうものと違って、心は絶えず揺《ゆ》れ動く。そのように間違いなく存在している何かです。生きていて、豊かになるとは、そういったものに触れるということですが、いま子どもたちにその体験がどのぐらいあるでしょうか。それを、私は問いたい。

オウム事件以来、若い人たちに興味を持ち、いろいろ学生に聞きます。四〇人ぐらいだと非常に聞きやすいので、そばまで行っていろいろ聞く。たとえば君たちが何かをするときに、最初に考える原則があるだろう。清く、正しく、美しくとか、カッコのいいことがしたいとか、人に迷惑をかけるようなことはしてはいけないとか、あるいは金儲けにならないようなことはしないとか。なんでもいいのだが、行動の原則があるだろうと。

じつは私は、正しいことをする、ほんとうのことをするという答えを一応期待して、聞きました。

普通はそういうことを学生にいきなり聞いても、返事をしません。しかし、私が聞いた学生は即座に返事をしました。彼はあごを上げて、「それは安全です」と答えました。それで私は直《ただ》ちに、それじゃ消防署に勤めなさいといいました。

いまの子どもは、大学院ぐらいの人まで、自分の行動原則ははっきりと安全だといいます。二〇代の若い人が、行動原則は何だといわれて、それは安全ですと答えるのが正常な社会なのか。これはオウムの学生ほどではありませんが、ちょっと心配になります。

そういう若い人たちは、私が長年飼っていたネズミによく似ています。私たちは、実験用にネズミをカゴの中で飼います。そして餌《えさ》と水を常に十分に与えます。ネズミはその中で繁殖《はんしょく》をする。生まれた子どもも、まったく同じ環境で育つ。そうやって育ったネズミは、シッポをつまんでも全然反抗しない。しかし、慣れない容器などに移すと、ゴソゴソッと歩いて、必ず縁《ふち》に行く。縁をヒゲでさわりながらずっと歩いて環境を調べている。

私は管理が悪いものですから、そういうネズミがときどき逃げてしまいます。大学の中にはネズミがいるぞということで、ときどき野良《のら》ネコが入ってくる。そして逃げだした実験用のネズミを食う。大学はそういう世界ですが、カゴから出て自由に動きだしたネズミは、一週間もたつと、もはや捕まらないネズミになります。ものすごく敏捷《びんしょう》になって走りまわって、完全に野生化します。

その変化を見ていると、人間もおそらく同じだろうなと思います。つまり水と食料を十分に与えられて、安全第一で過ごしてきた動物という点で、現在の若い人たちはラットかマウスになっている。これが家畜化です。動物の家畜化と同時に、人間は自分自身を家畜化する動物なのです。

ほんとうに生きることの教育

共通了解可能性という非常に強い選択圧を、われわれは社会の中でずっとかけてきたのではないか。その際、とくに新皮質が発達したということは、心と呼ばれるようなさまざまな情動に絡《から》んだ微妙なことに対してではなく、シンボル操作の能力に対して非常に強く選択圧をかけてきたのではないか。

現に、いまの教育がとっている基本的な、実質的な価値観がそうです。東大の医学部に入ると、偉いと人はいいます。しかし、オウムの学生がこの中に入ってきている。それは、完全にシンボル操作能力によって学生を選抜しているからです。言語がどのくらい上手に使えるか、言語をあとづけている外在化される形の論理、数学的論理もそうですが、そういうものをいかにうまく扱うことができるかで選抜している。そういうものが、基本的な価値観になっているからです。

こういう価値観が広がって、その結果、最終的にできてきたのは、現在見るような典型的な都市です。都市の中には、人間が考えなかったもの、人間の脳が外部表現しなかったようなものは基本的に存在しません。そして、都市の中にないもの、それが

「自然」と呼ばれるものです。

そういうふうに考えてみると、何千年も前から、偉い人は同じことをいっています。お釈迦《しゃか》さんがその典型です。釈迦という人は都市に生まれて、田舎に出ていった。「生老病死《しょうろうびょうし》」という有名な説話があります。若いときに、彼が住んでいた城郭《じょうかく》から出て遊ぼうとすると、門が四つある。最初の門を出て赤ん坊に会い、次の門を出て老人に会い、次の門を出て病人に会い、最後の門を出て死人に会う。それだけの話です。

この城郭の中こそ現代人の生活そのものだということはおわかりになると思います。生まれるところ、年をとるところ、病人になるところ、死ぬところ、全部が基本的に施設《しせつ》で起こる。現在は病院で生まれる人がほとんどで、産婆《さんば》さんはほとんどいなくなりました。死ぬ人を見ても同じ。病院で九割以上が死んでいます。生まれることと死ぬことが、日常生活から排除されてしまっています。

皆さんは誰でもお母さんから生まれたはずで、そしていずれは全員お亡くなりになるはずです。これはある意味で日常です。しかし現代社会は、それを日常とみなさないという約束事ができています。われわれの社会は、それを日常ではなく異常であるとみなす社会です。

しかし、人が死ぬのは異常事でしょうか。五〇年前はある意味で人が死ぬのは当たり前だったし、終戦直後までは自宅で死んでいました。いまは自宅は人が死ぬところではありません。はっきりいって、家で死んでもらったら迷惑だと思われています。

先ほどの釈迦の説、つまり町からいったん出ると、生まれるところ、年をとるところ、病気になるところ、死ぬところに出合えるという説ですが、それが生老病死で、人生の四苦《しく》であり、そしてさまざまな思い、すなわち八苦《はっく》がある。そんなことは二〇〇〇年以上も前からわかっていることです。

それを相変わらず日本は繰り返し、ああじゃない、こうじゃないとやっているのです。釈迦が四つの門を出たように、子どもをこの四つの門からどうやって出すかということが、私の考えていることです。それがほんとうに生きることの教育になると思います。

最初の門で赤ん坊、次の門で老人、次の門で病人、そして死。これらは、現在の医療の問題のすべてです。つまり、生は出産期の問題、クローン問題、人工妊娠中絶問題から始まって、遺伝子診断の問題。老は高齢化社会の問題。病はO－157、エイズなどのさまざまな病気の問題。そして死は安楽死、脳死、臓器移植。結局なんのことはない、釈迦の時代の問題をそのまま現代社会で追いかけさせられているのです。そしてその中にいると、死んだ表現が優越していって、現実は消えていく。とくに消えていくのは自然です。

なぜ自然は消えていくのか。それは人の意識がつくりだしたものではないからです。人間はそういった異質なものを排除することによって、いわゆる進化というものを得てきた。それをいつまで続けていくかということが、現在の環境問題など、さまざまなところで問われているのだろうと思います。

第2章　「現実」は現実か

女性と子どもが割を食っている

男と女の間は切れていない

男と女という区分は、本来は自然な区分です。つまり最初から違うわけですが、現代では違うということをいうと問題視されます。アメリカでは、男と女の脳が違うという研究をやろうとすると、そういうことを取りあげることに政治的な意味があるのではないか、といわれます。

男と女の違いを決めているのは自然です。そういうと、誰でも、男と女の間が切れているのが当然だと考えてしまう。しかし、生と死の間が切れないのと同じように、本来自然の出来事というのはきれいには切れない。男と女の間もきれいに切ることができません。

男とか女という言葉を使うと、自然のものが切れてしまうのです。しかし、実際には自然は連続していて、切れ目はありません。それがあたかも完全に切れてしまうように思うのは、私たちが言葉を使うためです。

私は解剖学《かいぼうがく》をやっていましたが、解剖では人間をバラバラに切り、それに胃とか腸とか、腸にもさらに大腸、小腸、直腸などと名前をつけています。しかし、実際には切れ目のない一本の管です。ではどうして切るのか。それはまさに、名前をつけるためなのです。私たちはこのように名前をつけ、言葉の世界に生きていますから、ものがきれいに切れて見える。

哺乳類は放っておくと女性になる

男と女も完全には切れていません。男と女が最初に決まるのは染色体《せんしょくたい》によります。女はXX、男はXYという性染色体を持っています。両親のそれぞれから一個ずつもらうので、Y染色体を持った精子が受精すると男になり、X染色体を持った精子が受精すると女になります。X染色体とY染色体は重さが違うので、精子を分けることができる。そうすると、男女の産み分けも可能になります。

それなら、そこでかっちりと男と女の区別が決まっているのかというと、そうではない。たとえば、妊娠してから七週までの間の胎児は、われわれが顕微鏡《けんびきょう》で見ても男と女の区別はできません。染色体を見ればわかりますが、それ以外はまったく違いがない。七週を過ぎると、卵巣《らんそう》あるいは精巣《せいそう》になる部分の区別ができるようになります。

精巣というのは睾丸《こうがん》のことですが、精巣と卵巣はもともと同じものです。理由はわからないが、睾丸のほうは、発生のある時期にだんだん下がって外に出てきます。

どんな動物でも出てくるかというとそうではありません。たとえばクジラやゾウには外から見えるタマはない。精巣は卵巣と同じ位置にあります。全部完全に下がっているのはヒトとかシカ。ネズミのように途中まで下がっているのもあります。つまり、卵巣と精巣は本来同じ器官であり、これをまとめて性腺《せいせん》と呼んでいます。ここでY染色体が働くと精巣、働かないと卵巣ができます。

精巣ができた場合はこれが男性ホルモンをつくり、このほかにも抗ミュラー管ホルモンというものをつくります。ミュラー管というのは、子宮《しきゅう》と卵管《らんかん》をつくる管で、七週までは男にも女にもできます。しかし、精巣ができるとこのホルモンが出て、ミュラー管を殺してしまう。だから、男には子宮と卵管ができてこない。さらに男性ホルモンが出るので、一般に男と女の違いとして知られている外部生殖器《せいしょくき》の違いができてきます。

さらに年頃になると、さまざまな二次性徴《せいちょう》が出てくる。男の子は声変わりし、女の子はおっぱいが出てきたり、いろいろな変化があります。そこで脳の性差が決まってくる。これがちょっと違うふうになると、相手は同性がいいというような人が出てきます。

このように、性に関して短くいっても、少なくとも四段階の違ったことが含まれています。しかもこの段階のそれぞれについて、どちらともいえないケースが出てくることがある。たとえば、ターナー症候群《しょうこうぐん》といっている、X一つしかないケース。この場合、外見上は女性になります。

あるいは、クラインフェルター症候群という、XXYの染色体を持っているケース。この場合外見は男。XYYというケースもあります。睾丸性女性化症では、いったん精巣ができて男性ホルモンが出されます。ところが、ホルモンの受容体が何かの理由で異常を起こしており、ホルモンが働きません。したがって、外見上は女性になります。卵巣の位置に精巣がある。卵巣がないので原発性無月経となり、そのうち何割かの人は卵管と子宮がありません。

本来の人間の遺伝子を持っていれば、自然に女性になってしまう。したがって男でも去勢《きょせい》すれば女性化します。

昔の中国の宦官《かんがん》のように、去勢すると髭《ひげ》が生《は》えなくなり、なんとなく脂肪がついて、女性的な体形に変わってきます。哺乳類《ほにゅうるい》は一般にそうです。それはY染色体が無理に男性のほうに引っぱるからです。性決定機構は動物によってかなり違いますが、放っておくと女性になるのが哺乳類です。

哺乳類の子どもは母親の胎盤《たいばん》で育つ。胎児の育っている環境はいってみれば女性ホルモン漬けです。したがって、仮にホルモンで性決定をすれば、みんな雌《めす》で生まれてくるはずです。だから、染色体で無理に雄《おす》をつくらないとみんな雌になってしまう。

言葉の世界に住んでいると

何がいいたいかというと、男か女かわからないものが自然にできるということです。さらに、りっぱな体格の男になっても、相手は男のほうがいいという人が出てくる。これは、脳が決めていることです。つまり、最初の四つの段階で男と女の決定をしており、それぞれの段階で決定をしない人が出てくる。だから、男と女の区別はよくよく見ると簡単には決められないのです。

それを私たちは、大多数は区別できるからということで決めてしまっています。なぜ決めるかというと、私たちが社会をつくるからです。社会的に決定された性を英語ではジェンダーといい、自然に決定された性をセックスといっています。しかし、セックスはじつは切れないから、ジェンダーのほうで切ってしまって、おまえは女になれということになるわけです。

私がフェミニズムについて疑問を持つとすれば、フェミニズムの原理は根本的に現代社会、すなわち都市に依存した考え方の上に立脚《りつきゃく》しているからです。自然のほうから見ると、そもそもフェミニズムの意味は成り立たない。つまり、自分が男か女かわからないという人がまず出てくるからです。そうすると、それはジェンダー、社会的な性の問題ということになります。

社会的な性は生死と同じで、約束事です。たとえば死は、三兆候（1）自発呼吸停止。（2）瞳孔《どうこう》の散大。（3）心臓停止）で死と判断するから死んだということになります。それは約束事にすぎません。日本で脳死がまだ決まらないのは、約束事だということがわかっていないからです。その約束事は、一つの面だけで決めているのではなく、文化全体の中でおのずからあるべきところに納まっているのだから、簡単には決められないのです。

生と死は簡単には切れないのですが、それを切っているのが日本の文化です。男と女の違いも自然の中では切れないのだけれど、社会の中では、ほとんど無考え《むかんが》に違うものだと受け入れています。

このように私たちの社会はさまざまな「考えない前提」を置いてきました。その前提の中で典型的なものが言葉です。その言葉の世界をいちばんよく代表するのは法律です。

法律は言葉で書いてあり、法律の中では言葉の常識は決定的に通るので、生と死があれば死亡時刻があるはずだということになります。医者は死亡時刻を書かなければなりませんが、私のような考えをとると死亡時刻というようなものはなくなります。この辺からこの辺までの間としかいえない。さらにいえば、完全に分子に還《かえ》って人間の姿がなくなるまで、死んでいないということになります。

それでは現代の日本の社会ではおかしいということになりますが、それは言葉の世界に住んでいて、生と死を切ってしまっているからです。社会は基本的にはそういうものですが、とくに現代社会は、言葉の世界、つまり、典型的な脳の働きの中にいるのです。言葉は脳の働きの中でも意識の世界です。脳の働きの中でいちばん上のほうにあるのが意識で、意識の働きの典型が言葉です。意識があるということと、言葉を使うということは、日常生活ではほとんど同義語に使われているのです。

意識から抜けてしまった災難

人間は歴史の非常に古い時代から、徹底した意識の世界をつくりだしてきました。それが四角に囲まれた世界、すなわち都市です。その中にはいくつかの特徴があります。まず第一に、それをつくるに当たっては、徹底的に更地《さらち》にする。なぜ更地にするかというと、自然のものがあると気に入らないからです。次に建物で埋める。道路が自然の地面のままだと気に入らないから、石を敷き詰めて舗装《ほそう》する。

なぜ自然のものが気に入らないかというと、四角の中は意識の世界なので、すべてこの中に置かれるものは人間が意識してつくったものでなければならないからです。地面はもともとあるものだからダメ。地面が出ていると汚《よご》れる。どこがどのように汚れるかわからない。自然があると計算ができないからダメということになります。

自然というと花鳥風月《かちょうふうげつ》を思うかもしれませんが、それは自然のつまみ食いです。自然はほかにもある。その一つは天災。天災は予期できない恐ろしい自然の一面です。人間でいうと、たとえば死がそれに当たります。いくら意識ががんばってもいずれ必ず死にます。これも自然です。

自然というのは美しいものだけでなく、恐ろしいもの、不気味なもの、醜《みにく》いものでもあります。自然はそのようなものを含んでおり、人間の意思ではどうしようもないものなので、人間の意識は嫌だといって、排除してしまう。都市に住んでいて、何が意識から抜けてしまうかというと、自然の中でも災難が抜けてしまう。何か災難が起こると、不祥事《ふしょうじ》だといって責任者をつるしあげるわけです。

生も自然でない

生老病死《しょうろうびょうし》は人間の自然です。生まれるときに親に相談を受けたことはないし、意識的に、予定して生まれたわけではありません。いったん生まれると日一日と年をとる。そしていずれ病気になって死んでしまう。しかし、いまの人はそれを意識から排除しているのです。都会ではこういうものは特殊なものと考えられています。

生まれるところは現在ではほとんどが病院、死ぬところも東京では九〇パーセント以上は病院です。昔は自宅で死ぬのが普通でした。病院は日常生活から追いだされた生老病死を収容するところなのです。

本来は生老病死が人生の筋《すじ》で、当たり前のことなのに、いまはこれが全部問題とされます。生も自然でない。日本は特定の病気にかかった人が、普通に町を歩けないような国であり、そういうものを社会から排除し、徹底的に都市化をしたのです。

日本が輸出入に頼って暮らしていることは、小学生でも知っています。輸出入に頼って暮らすというのは何かというと、それが都市です。現代の日本は、国全体が都市になった。だから田舎《いなか》からものを持ってきて暮らしているが、田舎を訪問したことはほとんどないのではないでしょうか。

バリ島に行って帰ってこない若い女の子がいますが、あれは田舎に帰っているのではないかという気がします。いまでは日本中都市になってしまっていて、帰る田舎がない。だから、あのようなところへ行くのでしょう。私もブータンやベトナムに行きますが、非常にホッとします。昔の日本の田舎そのものだからです。田舎が世界に移り、日本全体が都市になってしまいました。

こういう環境の中では、明らかに女の人のほうが損です。都市ができると「女・子ども」という概念ができます。女・子どもというのは、基本的により自然に近い人をいいます。女性は月経・妊娠・出産があり、都市の高層ビルで働いていても、おなかが大きくなるのは避けられない。では、高層ビルでお産をし、子どもを育てるかというと、普通ならそうはしません。つまり、本来人間が持っている自然は、どうしても女性のほうに強くあらわれてしまう。

逆さに考えるとみんな当たり前

社会が都市化すると、どうしても女性が割を食うことになります。それがおそらく都市化の中の男性中心社会の基本的な始まりであったと思われます。ブータンのように、自給自足の農村に行くと、財産は女性が相続します。男は何をするかというと、ただ出たり入ったりするだけです。そのように、都市化していないところではまったく状況が違う。しかし都市化すると女性と子どもは割を食うのです。

それがはっきりと書かれているもっとも古い文献は『論語《ろんご》』です。「女子と小人は養いがたし」。これは都市社会における人間関係の原理をはっきりと述べたもので、都市社会の原理です。孔子《こうし》は、人間が意識的に設計したのでないものについては語らないという姿勢をとっています。

「怪力乱神《かいりょくらんしん》を語らず」とは根本的にそういう意味です。人間の自然についても孔子はまったく同じ態度をとっています。孔子は弟子に「詩を読みなさい、詩を読めば動植物の名前を覚えるから」といいます。つまり、孔子の説教の相手は都会に住んでいて動植物の名前もわからない。つまり完全な都会人だということがわかります。

だから毛沢東《もうたくとう》は孔子を批判した。毛沢東は農村の出身で、基本的な感覚は農民です。中国は八割が農民で、都市の住民は二割にすぎません。都市の住民が文字を書き、情報を発信する。日本人は、古くから中国は都市であると誤解してきただけです。紀元前から中国は都市文明をつくってきた。インドや中近東も同じです。日本がこのまま都市化を進めていけばこれらの地域と同じように、自然の生産率が落ちて、禿《は》げ山《やま》を残すだけになってしまうでしょう。

インドも古くから都市をつくってきました。都市は四角いので門が四つあります。仏の説法《せっぽう》では、釈迦《しゃか》が都市を出ようとして四つの門を通ろうとすると、最初の門で赤ん坊に会い、次の門で老人に会い、次の門で病人に会い、次の門で死者に会う。インド人は何千年も昔から都市とは何かを知っていました。都市の生活から一歩でも出ようとすれば、自分が抱えている自然そのものに出会いますよという説法なのです。

いまの社会では、これらがすべて問題だといっている。高齢化社会、エイズ、安楽死、脳死、末期医療、みんな問題だという。しかし逆《さか》さに考えると、みんな当たり前のことで、それを問題だというのが問題なのです。それに気がついていいのは、どちらかというと女性ではないかと思います。

脳の中にないものは存在しない

脳が世界を決めている

社会をつくっているのは脳です。一方では社会をつくり、他方で現実とは何かということを決めていく。それをしているのが脳です。

たとえば、学生は給料をもらって働いているわけではありませんから、ある種の制約がかかっていません。しかし学生諸君はそれがかかっていないということに気づいていないと思います。なぜならそういうものがかかったことがないから、脳はいまあるがままの状態を現実と受けとめてしまうのです。

大人たちがときどき世の中はこういうものですよと教えてくれることがあると思いますが、それは大人たちが何らかの現実あるいは実在を信じているからです。そのことについて、学生諸君の頭の中にはその現実はない、と指摘しているのです。いくら大人にこうだといわれても、やはりないものはないからしかたがない。

人の脳の中にないものは、その人にとってはまったく存在しない。だとすれば、人間をいくら集めても脳に入らないものは実在しないということになります。脳が世界を決めているのです。これは動物でも同じです。

ローレンツという動物学者のエッセイを紹介しましょう。彼は、ネズミ（トガリネズミ）を箱の中で飼《か》っていました。そこにたまたま仕切りがあって、そのネズミは、餌《えさ》を食べにいくときにはいつもこの仕切りを飛び越えていました。

そうやって飼っていたのですが、ある日ローレンツはこの仕切りをとってしまいました。ネズミはいつものように餌を食べにいく。仕切り板がないのでずっと先まで行く。しかし途中ではっと気がついて、出発点までもどる。そしてもう一度出直して、仕切り板があったところまできてぴょんと跳《と》んだのです。

なぜこんなことが起こるかというと、ネズミは世界がこうでなければならないということを知っているからなのです。これは脳が世界をつくっていることを示しています。

実験で使うためにネズミをとりに林へ行くことがあります。深さ三〇センチ、直径一五センチほどのごみ箱を一〇個くらい持っていきます。地面を掘ってこのごみ箱を埋めておき、夜、見にいくとネズミが落ちています。

学生を連れていくと必ず餌を入れたがるのですが、餌を入れてもかかる率は変わりません。これはなぜでしょうか。

ネズミは目がほとんど見えないから、絶《た》えず動きまわって自分の環境をさわって確かめています。穴を掘ってごみ箱を埋めておくと、彼らにとっては宇宙船が来たようなものですから、さわって確かめようとします。そのため穴の中に入っていって捕まってしまいます。ネズミは入れば出られないということはまったく考えていません。自然の状態では出られないということはないのですから。

このように、ネズミが落ちるのは、ただの探索《たんさく》行動なのです。だから餌はいらない。彼らはさわることによって頭の中に世界の像をつくり、その像によって行動しているということがこの例でもよくわかります。

「クジラの正義」が教えること

もう一つ同じような例をあげると、クジラの集団自殺があります。エコロケーションというのですが、クジラは、自分で音を出してその反響が返ってくるのを聞いてものを認知しています。彼らは目がほとんどきかないし、皮膚の感覚も非常に単調です。これを調べるのはたいへんなので絶対にそうだとはいえませんが、おそらく彼らの持っている知覚装置は一種類しかありません。

遠浅《とおあさ》の海岸では出した音が跳ね返ってきません。つまり彼らはそこに陸地があるということを認知できない。クジラにとってそこには何の障害物もないのだから、前進する。そして最後には陸地に乗りあげて「自殺」してしまう。いくらクジラでも砂地に乗りあげたら、これはまずいと思って引き返すのではないかと思うかもしれませんが、それは違います。

クジラはおそらく三〇〇〇万年の間、先祖代々ずっとこの方法で外界を認知してきたのです。これで認知できないことがあろうと、おそらく彼らは自分の行動様式を変えようとしないでしょう。ソナーで認知できない世界で自分が陸地に乗りあげて死ぬのなら、それが本望《ほんもう》だということです。

私はこれを「クジラの正義」と呼びますが、クジラにとってはソナーに引っかからないものは存在しないのです。仮にこれで具合が悪いことがあれば、クジラのほうが死ねばいいのです。そのくらい脳の現実の意識は徹底しています。これは人間にとっても同じで、脳の中にないものは存在しないのです。

逆にいうと、脳は何かを実在あるいは現実と認める存在です。だから人によって現実は違います。極端な例になるかもしれませんが、精神科の患者さんは非常に違った現実意識を持っています。

葦原《あしはら》将軍（葦原金次郎《きんじろう》）という人が非常に有名ですが、将軍というのは本人がそう思っているだけなのです。盆暮《ぼんく》れになると看護師さんや近くの患者さんを集めて金一封《きんいっぷう》を配る。お金を持っているわけではないから、中にいくらと書いてくれる。偉い人だからそれをしなければならない。彼にとってはそれが現実なのです。このように何が現実であるかは、その人の脳が決めているのです。

われわれは何を実在と考えるか。この答えは非常に簡単だと思います。われわれは普通、ものは実在すると思っている。なぜかというと、われわれはいつもものを見て触れている。見えているものがあれば、さわることができるし、さわった感触があって重みもある。そのとき脳で絶えず活動が起こる。こういう活動がわれわれに実在するという現実感を与えるのです。

このような現実感は、先にも述べたように人によって全然違うものになり得ます。その典型が神の存在です。神について滅多《めった》に考えない人は、当然、神の実在感を持っていません。しかし神信心《かみしんじん》の非常に強い人は年中神について考えていて、頭の中に実在感があります。

数学も典型的です。数学者という人種がなぜあのように抽象的なこと、非現実的なことを一生していられるか素人《しろうと》にはわからない。しかしこれこそ完全に素人の疑問なのです。なぜなら数学者の頭の中には数学的世界が実在する。数学的世界が現実であるから、一生やっていられるのです。

これはわれわれが日常話したり食事をしたりするのと同じことだといえます。これが現実だから普通にやっていけるのであって、それが現実でない人にとっては想像のつかないことなのです。もっとも基本的な脳の働きは「現実とは、世界とは、何であるか」ということを決めることなのです。

もし「全筋肉死」になったら

脳というものはコンピュータに似たものです。逆にいうと、脳が自分の中にある性質でわかるものを外へ持ちだしたのがコンピュータです。入力と出力があってその間で情報の処理をしているのが脳です。

入力とは知覚、出力は運動ということになります。われわれの入力はたくさんありますが、出力は非常に限られている。意識的にできるのは骨格筋《こつかくきん》の運動だけです。骨格筋の運動ができなくなる病気があります。筋肉がないと呼吸ができないから、その筋肉がダメになれば必然的に死にます。現在では呼吸器をつければ救命できます。でもここで安心することはできません。

筋肉が弱っていってからだが動かなくなったら、出力はどうするのか。でも目が動くかもしれない。そのときはまぶたでイエス、ノーをいう。たとえばイエスなら目を閉じると決めておくのです。目が動かなくなったら舌を使う。舌を右にやればイエス、左ならノーというふうに。それもできなくなったら最後は肛門《こうもん》を使う。動かす動かさないでイエス、ノー。それさえもできなくなったら、何ができるか。

その状態で生きるのが、幸せか不幸か誰もわかりません。苦しいのか楽なのか、気持ちがいいのか悪いのか、絶望しているのかしていないのか、何もわかりません。だから、最近では呼吸器はつけないことにしています。一度つけてしまうと、いっさいの意思表示もなく何年も生きつづけなければなりません。

このように出力装置というものを人間は一つしか持っていません。骨格筋がダメになると、人間の出力が全部なくなるということは一般に意識されていません。私はこれを脳死に対して「全筋肉死」と呼んでいますが、全筋肉死になると、ほかがすべて大丈夫でも人間としては、はなはだ耐えられない状況になります。

入出力装置としての脳では、知覚から入ってきて運動から出ていく。その間にいろいろな処理をする。脳には、興奮性の細胞と抑制性の細胞という二つの種類の細胞が入っています。脳というものを簡単にいえば、神経細胞の両端が入力系と出力系に向かって開いていて、あとはお互い繋《つな》がりあっているだけなのです。

こういう回路を考えたとき、回路が循環《じゅんかん》してしまったらどうするかという問題を思いつくでしょう。いくつかの神経細胞が輪をつくると、入力が入ってきていったん回路が動きはじめると、無限に一つの回路が動きつづける。下手《へた》にこれが起こると、絶えず回路が動いているから、その刺激がいつも脳全体に伝わって最終的には脳全体が興奮してしまう。じつはこれが癲癇《てんかん》というものです。全体が興奮すると脳は働いたことにならないで、全身の筋肉がけいれんして意識がなくなります。このようなことが起こらないように、脳には非常に強い抑制がかかっているのです。

このように脳を入出力系として説明すると、一般の人は、人間には感情があるから機械とは違う、と文句をいいます。しかし感情の基本となっているのは快不快、気持ちいい気持ち悪いなどです。入出力系の中で感情が果たしている役割は、入出力の重みづけでしかありません。重みづけの条件を与えると、コンピュータはあたかも感情があるように振る舞います。

この重みづけは、進化の過程で人間が脊椎《せきつい》動物として生じてから五億年の間に積み重なって経験的にできてきたものですから、論理的に解明するのはとてもむずかしい。いろいろな状況を予測してつくられ、その総和として現在のわれわれの感情があるのですから、偶然の要素もずいぶん入っています。たとえば悲しいときにわれわれは涙を流しますが、これがなぜなのかは、どんな本を見ても説明が載《の》っていません。なぜ説明できないかといえば、偶然そうなってしまったからです。

記憶についても、感情が重みづけであるということがわかります。感情にまつわる記憶は、非常に強く印象づけられます。たとえば不愉快な記憶は、それを繰り返さないために強く印象づけられます。記憶が強く残るかどうかということも、感情という重みづけによって決まるのです。

死体は現実でなくなる社会もある

入出力装置としての人間を見たときに、脳のいちばん重要な機能は、現実を決めるということです。脳の中で、世界というものがどういうものかを、その脳なりに決めてしまう。ところが、人間はみんな少しずつ違った脳を持っています。ということは、それぞれの現実が少しずつ違っているということになります。だから人間は社会をつくって現実を統制し、その中の人をだいたい同じような現実を共有するように育てるのです。

第一に言葉がそうです。違う社会に入ると言葉が違ってくるというのはご存じの通り。言葉を統一すると、言葉でいえないことはその文化の中に存在しなくなります。逆に言葉でいえることは、いちおう存在が認められ、ある種の現実の規定ができます。文化とか、慣習とか呼ばれるようなもののほとんどは、その中で育っている脳が持つ現実感を、統制する装置だと考えることができます。

こういう目で見ると、社会というのは、明らかにその中に住んでいる人の現実を統一しようとするものです。そうでないと脳は、勝手なものを現実と思ってしまうからです。文科系の人は、人がそれぞれ独立にものを考えるということを前提にして、それぞれ個人が持っている現実を集約して全員に共通するものを吸いあげていくのが社会だ、と説明します。しかし、育ってくる脳の現実を規定するのが社会だ、というほうが適切だろうと思います。

そのためにある種の社会では、死体は現実でなくなります。社会の中に死体を入れないことを約束しているので、一度そういうものが発生したら箱に入れて隠して運んで大急ぎで焼いてしまう。これは、社会がある種の現実をつくっているということです。

脳死問題に結論は出ない

脳に関係するものを、一般の人の言葉でどう表現すればいいかというと、私はそれを「人工」と呼びます。どんな機械も建物も、人間のつくったものは脳がつくっています。きちんとつくるときはだいたい設計図をつくっています。逆にいうと、できてきたものはあらかじめ脳の中に入っていたのです。だから私たちは脳の中にいるのです。少なくとも私にはそう見える。

そうでないものを、私は自然と呼びます。たとえばわれわれの身体は、設計図をつくったものではないから自然にできています。社会や歴史を見ると、この人工と自然のバランスが、非常にずれてきている。それが歴史を動かしている基本的な原則だと思います。

脳死問題で、日本中から偉い人を集めて、人はいつ死んだといえるのかという議論がなされましたが、結局そのときに結論は出なかった。じつはそんなことは鎌倉時代から知られていることです。人が死ぬには多くの姿を経《へ》るということを、当時の人は九つの絵に描いています。

最初の絵では、死体を畳《たたみ》にのせて着物をかけてある。死ぬと湯灌《ゆかん》といってお風呂に入れる。そのあと着物を着せるのがたいへんなので、ただかけておくのです。次の段階では、黒くなっておなかが膨《ふく》らんできます。からだの中に住んでいる生き物の発生するガスが、外に出されないからです。そのうちに破裂します。そしてあちこちに傷が入ってきて、五枚目まで来ると一目で死んでいるのがわかるようになります。

こんな絵を描くことのできるような目を持っていたのが、道元《どうげん》や親鸞《しんらん》、日蓮《にちれん》など鎌倉時代に仏教をつくった人たちです。また、こんなふうな感じを文章で書いてあるのが『方丈記《ほうじょうき》』です。『方丈記』を丁寧《ていねい》に読むとわかりますが、当時都には戦乱と飢饉《ききん》があり、非常に多くの人が死にました。都には、たくさんの死体が野ざらしになっていて、死体のにおいでくさくなっています。こういったことを描写する『方丈記』の書き方は、非常に客観的です。ある意味で中世の人は現代人と違う目を持っていて、自然そのものを見ているといえます。

脳がつくらなかったものと脳がつくったものとの関係は、時代によって変わっています。自然であるところの身体を、脳がどのように見ているかで非常に違ってくるのです。この鎌倉時代の絵は、鎌倉時代ではごく普通の絵です。ところが江戸時代以降になると、あんなものは見るものじゃないとされるようになります。

江戸時代では、士農工商に属さない人は非人《ひにん》というグループにまとめられ、差別されました。非人というのは、文字通り「人ニ非《あら》ズ」という意味です。上に人をつけると有名な表現「人ニシテ人ニ非ズ」になります。最初の「人」は自然の人で、下の「人」は社会の人です。自然の人であるかもしれませんが、社会の人でないという人を、「ひとでなし」と呼ぶわけです。

不祥事と呼ばれること

社会は脳がつくった。しかしわれわれの身体は脳がつくったものではない。では、脳のつくったものではないわれわれの身体を、どうやって脳のつくった社会の中に入れるか。その自然のままの身体をじかに入れると、非常に強い反発を生じます。反発が生じるのは、われわれが脳の中でつくられた社会で育ってきたからです。

このように脳がつくった社会が広がってきたのが現代の社会です。その中ではものごとは予測され、統御《とうぎょ》されます。予測をするためには情報が必要です。統御というのは、別の言い方をすれば管理です。情報化社会というのはすべてのものごとを予測して統御しようとする社会であり、それに反するものが自然なのです。

もし予測できないことが起こると、それは不祥事と呼ばれます。しかし自然というものをよく考えると、たとえば雲仙《うんぜん》の噴火は不祥事でも何でもなくて、予測がつかないという特徴を持っているにすぎません。人間の身体はどうしてこうあるのか、考えてこうなったわけではありません。また、必ず死ぬという予測はつきますが、いつどこで死ぬかはわかりません。

「現実感」の持ち方

意識とは何なのか

　脳をどのように考えるか。おそらく現代社会でいちばん考えやすい方法は、脳の機能を「情報源」と見ることです。情報源というのは、情報を取り扱う器官。脳では一方から入力が入ってきて、別の一方では出力が出ている。入力と出力の間に介在《かいざい》して、さまざまな調整を加えるのが脳。こう考えたほうがはるかにわかりやすい。ということはコンピュータと同じです。

　具体的には、見る、聞く、さわる、味わうといった感覚が脳への入力となります。その入力によって脳の中で何かが起こって出力が出てきます。その出力というのは何かというと、人間の普通の状態でいえば運動です。

　私の話を聞いてメモをとっている状態を例にとってみましょう。私の出している音声が入力として入って、それがある形で言語として理解され、さらにそれが指の運動によって外に出されているのです。一般的にわれわれが日常生活で脳を考える場合に、出力としては筋肉、入力は五感と考えてよいと思います。その機械が脳です。

そう考えると、さほど面倒くさい問題ではありません。出力は運動だけに限らない。汗をかくのもそうだし、ホタルが光るのもそうです。人の場合は基本的に肉体的な出力はすべて運動で、これは骨格筋に完全に頼っています。

こう考えると、多くの方が直《ただ》ちに疑問を持つ。入出力系として脳を考えた場合、非常に困ることが脳にはあります。その典型的なものの一つが、意識と呼んでいるものです。こんなものはコンピュータにない。もう一つは感情です。コンピュータが怒ったり泣いたりはしない。いきなりこんな話をするのはかなり極端だと思うので、最初から話します。

まず意識とは何かという問題です。ご存じのように、意識とは脳が自分の機能を知っていることです。意識は、脳の機能を掘り返している。そういうことから考えると、意識というのは単一な要素でできていないだろうということが想像されます。また事実そうです。

われわれが意識を保つために、脳の中の複数の場所が活動しています。それは脳幹《のうかん》と大脳皮質《だいのうひしつ》です。この脳幹と大脳皮質の両方が健全でないと意識がなくなります。ただし、意識には種類があります。

われわれの意識は、一つの状態を毎日繰り返しています。日中は覚醒《かくせい》していますが、夜になると眠っています。覚醒した状態でも半分居眠りをしている状態があります。これが変性意識というものです。

臨死《りんし》体験というのは非常に奇妙な意識状態です。それから同じ寝ていても、夢を見ている状態と完全に眠っている熟睡している状態は違います。

言語と意識の関係

脳波計は、表面に電極を当てて、脳の中で起こっている大きな電位変化を記録する機械です。これで測定すると、表面の定期的な活動がまずもろに出てくる。寝ているときには、脳幹から大脳に指令が行っているわけですが、起きているときは脳に非常に細かい波が出ている。非常に細かい波を呈《てい》しているときには何がわかるのか。表面に電極を当てているから、大脳皮質の活動しかわからない。奥のほうは計算で探るしかない。

覚醒時の脳波は細かい波がたくさん出ている。寝ている状態を見ると、それとまったく同じ細かい波が出てきている状態が繰り返し起こっている。外から見ると寝ているのだけれど、ある瞬間を取ると、覚醒時の脳波が出ている。

いわゆる睡眠の脳波は、デルタ波と呼んでいます。これは細かい波ではなくて、ある一定のタイプの周期性を持った、ゆっくりした波です。これが出ているときは寝ていることをあらわしています。

寝ているのに覚醒時の脳波が出ているのは、夢を見ている状態だからです。寝ている状態と、夢を見ている状態は一晩の間に繰り返し起こっています。

それでおわかりのように、意識は一つではないということです。寝ている状態であっても一つではないし、起きている状態でも一つではない。臨死体験は、さらに特殊な意識状態です。

意識とは、自分が何をしているかをある程度知っていることです。では、一体なぜこんなものがあるのか。意識があるのは人間だけだという考え方がありますが、これはどうだかわかりません。ネコにも実際に寝ているときと起きているときがあって、寝ているときにはレム睡眠と普通の睡眠の両方がちゃんとある。ネコもある程度意識があるのでしょう。

その意識というものがなぜやってくるのか。人間の場合、意識を典型的に示しているのは言語です。怪我《けが》をして倒れていて、意識があるのかないのかはっきりしない人でも、口をきいたらだいたいの人は意識がもどったというふうに考える。人の場合は言語がほとんど意識と等しく置かれています。

言語というものがどういうものかを知らないと、またわからなくなります。では言語とは何だろう。言語というものを非常に短く表現すると、さまざまな脳の感覚をある意味で共通して使う機能であるということになります。とくに近代言語は、簡単にいうと、目と耳、つまり視覚系、聴覚系の二つの情報系を共通処理する規則なのです。

私が話すことをメモしている例にもう一度もどります。私の話が耳から入っている。それをメモしているわけですが、メモした字は目から入る。耳から入っても、目から入っても同じ日本語です。これは情報処理系としては、非常に奇妙なもので、テレビカメラを通してもマイクを通しても同じ情報だということを意味しています。それが言語の規則です。

そもそも、目から入ったものと耳から入ったものが共通に処理できるという保証など、どこにもない。だから基本的には、それは言語の共通処理の規則です。人間の脳は、勝手に目から入ったものと耳から入ったものを共通にすることができます。

ほんとうに知っているのは自分の脳だけ

大脳皮質とは何か。一枚の膜を想像してください。新聞紙ぐらいの大きさの膜。その膜を頭の狭いところに押しこめるから、脳の表面は皺《しわ》だらけになるわけです。さて、目から入ったものは脳のどこへくるかというと、大脳皮質のいちばん後ろのところにくる。そこに情報が伝わります。耳からの場合には側頭葉《そくとうよう》のところにやってくる。つまり、大脳皮質の端《はし》っこの場所に目からの刺激がやってきて、横のところに耳からの音が入ってきます。

この皮質というものは、ある意味で均一な行動をしています。それから何をするのかというと、次のエリアで別な処理をします。

われわれの目に映っている像はどんなものかというと、写真で白黒の点です。その白黒の点の集合だけが（実際にはカラーですが）、直線をつくったり、角をつくったり、コントラストをつけたりしています。網膜《もうまく》にはただポーンと光の濃淡が点灯《てんとう》して、それを後ろに持ってきて、さまざまな処理をしていきます。

目で見えている視野全体がいっぺんに処理されていかないと、何も見たことになりませんから、脳の中に行っても絶えず同じ像が繰り返されて処理されていきます。だから一次視覚領の中に映っている姿は、網膜に映っている像を縮小している。じつはそのままの縮小ではないのですが、そういう感じで次々に処理しています。

直観的に理解するためには、大脳皮質の中を波が伝わっていると考えてください。情報処理の波が伝わっているのです。耳のほうも同じことをやります。すると同じ大脳皮質の中で、目から来た波と耳から来た波とがぶつかってしまう。じつはそこに発生するのが言語であり、ここから運動系に繋《つな》がっていって、運動系から口に出てきて、しゃべっているのです。

言語が意識の典型とされているのは、大脳皮質の中の諸感覚と連動した部分に、間違いなく意識の重要な部分があるからです。

そういう形で意識というものが存在しています。なぜ存在するのか。人間が社会生活をするから意識が発達したのだと、私は考えています。なぜか。意識というものは、自分の脳がどういうふうに働くか、それを知っていることです。社会生活をしているときに、自分の脳が何をしているか知っていると、他人の脳が何をするかが理解できる。商売を考えてみればわかるでしょう。他人が何を考えているかを考えて、儲《もう》かると思うことをやるわけです。

これを、他人の脳の理解だと思うのは、誤解です。自分の脳の理解がすべてです。自分の脳がなくなったら、他人のことを知っているつもりでも何もわからない。じつはほんとうに知っているのは自分の脳だけなのです。

社会生活をしていくことによって、もし、自分の脳が何をしているかを知る能力がより発達するなら、それは生きるのに有利なはずです。

五感から入った情報が一つになるのは

このように五感から入った情報を、われわれの脳はちゃんと一緒にしています。そのためにも意識というものは重要です。われわれが持っている五感をモジュールと呼んでいますが、この一つ一つの異なったモジュールの中にもまた、異なったモジュール、つまりもっと小さなモジュールがあります。

たとえば、視覚であれば、ものの色を見るのと同時に形も見ます。それから運動も見ます。これらはそれぞれ、脳の中の違った場所で処理します。そういうときに全体を統合する自己意識がないと、脳の働きはおそらくバラバラになってくる。

実際にそれが起こり得る。分裂病（統合失調症）の患者さんにそれが典型的に見られます。分裂病という名前はまさにそこにあるわけで、自分の脳の中で起こっていることであるにもかかわらず、自分の脳内の範囲だということを認めない。それ自体が、自分がやっていることではないと感じる。

それをよく見ているとわかることがあります。もし五感を処理する部分がバラバラに発達していけば、人間の脳は五つになってしまう。それを統合するのが意識で、意識の発生のある意味の内的な必然性はここにあります。それが社会生活によってどんどん強化されるということがあるかもしれない。私は意識というものをそういうふうに考えます。

そう考えると、コンピュータが意識を持っていないだろうということは比較的わかりやすい。なぜかというと、現代のコンピュータは入力がきわめて単調で、目とか耳とか鼻とか、舌とかに相当する機能の分化がないからです。でも、さまざまに分化したセンサーにコンピュータを繋いでいって中枢《ちゅうすう》を組み立てていくと、いずれはコンピュータに意識がないといえる保証はなくなるだろうと、私は思います。

好き嫌いがあると学習が速くなる

コンピュータに感情がないと皆さんはおっしゃる。では感情とは何でしょうか。感情のいちばん基礎にあるのは、だいたいにおいて好き嫌いです。むろんそうでない感情もありますが、基本的には好き嫌い。ここに振り替えてしまう。

では一体、好き嫌いは何のためにあるのか。コンピュータの学習プログラムを考えてみましょう。学習するコンピュータに同じ作業をやらせていると、どんどんうまくなります。最初は間違えますが、間違える確率がどんどん減ってくる。そういうプログラムをつくることができる。

そういうプログラムをつくっている人に、学習を速くするにはどうするかと聞いてみると、非常に簡単な答えが返ってきます。バイアスをかける。どういうことか。どちらか一方を選ぶような場合、コンピュータは律儀《りちぎ》に計算するから、ときどき非常に面倒なことになります。つまり、どっちに行ったら有利かという計算をずーっとやっている。いつまでたっても計算が終わらない。あまりにも微妙な差しかないので、計算が終わらないのです。

こういうときどうするか、ある程度以上計算して数字が細かくなったら、「おまえは右に行け」と判断させる。それを主観的に、意識はどういうかというと「右が好きだ」というのです。われわれの脳を考えたときに、誰でもおわかりになるように、好きな話は聞くが、嫌いな話は聞かない。好きなことはやるが、嫌いなことはやらない。これがバイアスです。

バイアスをかけていると、不思議なことに、直観的に理解できるのは、学習が速くなるということです。つまり好き嫌いがあると学習が遅くなるのではなくて、速くなるのです。

われわれの脳に好き嫌いが発生したのは、進化の過程においてです。遺伝子の中にそういうものが五億年の間に発生してきたのです。実際に、遺伝子を持っている動物は、みんなある種の好き嫌いがある。それを趨光性《すうこうせい》とか趨気性とか呼んでいます。趨光性は光のほうに行く好みのことです。

庭でご覧になるダンゴムシは、捕まえると玉になって、コロコロ転がる。あの虫には、石の下に集まるという習性があります。なぜ石の下に集まるのか。乾いたところにダンゴムシを置くと運動が盛んになる。その結果、湿ったところに行くと運動が止まるので、自然に湿ったところに集まることになります。

それを、湿ったところが好きだというふうに見るかどうかですが、明らかにあるバイアスです。感情というものは、基本的にそこから発生しています。感情というものが入出力装置の何に相当するかというと、情報の重みづけなのです。

重みづけをつけないコンピュータはバカなコンピュータです。律儀に、機械的にたいへんなエネルギーを使って計算をしつづける。こう考えると、コンピュータと感情の間にはそう本質的な差はない。ただし、感情と論理回路とはおそらく違っていて、論理回路はまさに論理回路であって、コンピュータにそのまま入れることはできますが、感情は感性的なものであって、簡単に入れることはできません。

「本能」の実体

私どものすることは、基本的にすべて脳がやっています。人間のすることの中でいちばん目立つことは、何かのために何かをするということです。もう少し別の表現でいうと、われわれは何かを予測（プレディクト）して、その結果ものごとを、英語でいえばコントロールしています。つまり、脳がやっていることは合目的的な行動です。

プレディクションとコントロールが、現代生活のほとんどを占《し》めていることにお気づきでない方が非常に多い。私が、ある日のある時刻から、どこそこで、何かの話をすると決めるとします。昨日、あるいは半月前の段階ではプレディクションです。次に私は、行くべき場所はどこにあって、どういう工夫をすればそこに行けるかということを考えます。当然ながら情報を得ます。その場に私の話を聞きにこられる方々も、何らかの情報を得て来るわけです。

その同じ日の同じ時刻に、晩餐会《ばんさんかい》に招待されたとしたら、私は出られないと伝えなければならない。同時に二ヵ所に行くわけにはいかないので、先約に行くしかない。つまり私自身が私を制御《せいぎょ》するからであって、それを社会では管理といっています。つまり自己管理をしている。

情報管理社会は、情報を管理するのではなくて自分を管理する。このように現代社会の基本は、プレディクションとコントロールだけで成り立っている。株を買うにしたって同じです。来年どうするかという計画を立てて、そのためにいくら予算が必要だということを計算する。そしてそれを実現するように毎日努力しているわけですから、これは自己制御以外の何ものでもない。

私は昆虫が大好きで、子どもの頃はファーブルの本を大事に抱えていました。あれを読んでいると、昆虫はきわめて効率的に行動しています。やることなすことにいちいち意味がある。彼らは考えてやっているわけではないから、昔の人はそれを「本能」と呼んで、ある意味でバカにしていました。

しかしよく考えてみると、不思議です。この本能はどこに入っているのでしょうか。親子代々、ハチの親から子に、その子から孫にというふうにその性質はずっと伝えられる。本能は遺伝子に入っている。つまり遺伝子系。

基本的には本能の中に合目的行動があります。彼らは、青虫を捕まえて暴《あば》れないように神経節に針を刺す。なぜそこを刺すのか。そこを刺すと青虫は動かなくなるが、死にません。死なないので腐《くさ》らない。そこに卵を産んで子が生まれ、ハチの子は青虫が死なないように食って成長する。

そのようなことをするのは、すべて遺伝子系にそういう構造が入っているからです。ハチも、小さいけれど脳を持っていて、その回路の中にこういう構造が組みこまれている。そういう行動がどういうふうに入っているのかというと、入出力の関係になっていて、ある行動をすると、それが次の出力の引き金になって次の行動になる。

ハチやクモと同じように行動している

クモの雄が雌に言い寄るにはどうするか。クモというのは巣を張って待っている。うっかり雄が巣にずかずかと入っていくと、あっという間に雌に食われてしまう。しかもクモの巣は似ている。この巣のまん中にいるあの雌が自分と同じ種類の雌だということをどうやって確認するか。

そのためにクモの雄は、まず巣の端っこに行って、たとえば糸を二回引っぱる。すると同じ種類の雌ならば片足を上げる。片足が上がったら安全だから、チラチラッともうちょっと近づいて、今度は雄のほうが片足を上げる。すると雌がそれに反応して両足を上げる。

そんなふうに、たとえば一〇段階ぐらいの行動の連鎖《れんさ》がある。途中でサインが違うと大急ぎで逃げる。サインが違えば違う種類だということだからです。そういう形で、脳の中に合目的な行動が埋めこまれている。

脳をつくっているのは遺伝子ですが、きちんと遺伝子が働いてくれると、そういう脳ができる。その脳にある刺激が入ってくると、定型的な行動が連鎖として起こってくる。つまり、脳の中に合目的的な行動が入っているといっていい。脳は人間になると非常に大きくなりますが、大きくなってもやっていることはまったく同じです。

基本的に合目的的な行動になるように、つまりハチやクモがやっている行動と同じになるように、われわれは行動しています。それだけです。それを感情の場合と同じように、意識の中では予測と統御というふうに、内的に見てやっています。

小さい脳がつくりあげたものを、大きい脳が真似《まね》をしているわけです。そういう合目的的な行動は、進化の過程でゆっくり積み重ねられてできあがっている。試行錯誤《しこうさくご》の末にできあがっているというふうに、現代の進化論では説明している。

私は、生物の情報系は神経系と遺伝子系の二つしかないと考えています。この二つはある意味ではまったく違った情報系です。遺伝子系が担《にな》っているのは、典型的な物質的な情報で、神経系が担っているのは、機能的な情報です。

私が二番目に生物の特徴としてあげているのが、合目的性と自律的な形態形成です。

これは私がいったのではなくて、ジャック・モノーというノーベル賞をもらった生物学者がいったものです。

モノーはなぜこんなことをわざわざ書いているのか。一九世紀の科学について多少知識のある方、あるいは古い教育を受けた方は、この合目的性という言葉を見た瞬間に、違和感をお持ちになる。合目的性という言葉は、科学の中に使ってはいけないといわれていたからです。一九世紀の科学では物質系の中に目的はないとしてきた。

しかし、生物を扱うようになると非常に困るのです。生物のもっとも大きな特徴は合目的性です。モノーという人は生物を物質的に考えた人ですが、そういう人であるにもかかわらず、生物の特徴として合目的性をいきなり入れてしまった。

放っておいてもハエはハエ、ハチはハチ、ヒトはヒトになります。それが自律的な形態形成です。同じように自律的な形態形成をする例が無機物にもあります。たとえば、結晶がそうです。ある特定の物質はいつも同じ形の結晶をつくって成長します。自己複製をしていく。

それは生物かというと、合目的性を持っていない。自律的な形態形成はするけれども、結晶は自分と同じような結晶を生むということはない。

生物の場合にはご存じのようにＤＮＡがあります。当然のことながら、遺伝子系の特徴を持っています。その遺伝子系の特徴にある性質が、神経系となり、もう一つの情報系に受け継がれて、合目的性となり、われわれの行動が発生してくる。合目的性は、結局は遺伝子の性質に則《のっと》っています。

夕焼けの現実味

もう一つ、とくに知覚系で脳が行う重要なことがあります。われわれは世界がどういうものであるかを決めています。この働きをしているのは脳で、われわれが毎日行動をしている世界がどういうものであるかというイメージをつくっています。

何が現実であるかを、われわれは頭の中で決めているのです。たとえば、オウムなどの教団に入っていれば、普通の人とはかなり違った現実の意識になっても不思議はない。麻原彰晃にいたっては、自分は毒ガス攻撃を受けたと間違いなく信じている。

そういう現実の意識を決めているのは何かというと、胃でも肝臓《かんぞう》でもなく脳です。一体われわれが現実と決めるものは何か。第一にいえることは、脳の中にないものは存在しない。脳の中にないものは考えることができない。そもそも存在しないから現実になりようがない。二番目に、脳の中にあるものによって、現実と認められるか認められないかが違ってくる。それにはいろいろグレードがあります。

一般的にわれわれは、机であるとか煙草、ライターといったものを現実だと考えます。もう少し現実味が薄いものになってくると、夕焼け。夕焼けは確かにあるかと聞かれると、机よりは現実味が薄い。あれは見えるだけです。見えるのだけれど、においもないし、味もないし、さわれない。重さもない。あるようでないのであって、空にはっきり見えるのだけれど、それ以外は確かめられない。

そう考えると、われわれがいちばん強く現実だと考えるのは、五感から入るものだとわかります。だから、私の場合は、脳は間違いなく徹底的な現実なのです。なぜかというと、亡くなった方の脳を外に出すという仕事を、三〇年やっているからです。三〇年もやっていると、人間の頭の中にある脳の重さ、におい、どうやって取りだすか、どのくらい力を入れたら脳の中にズブズブッと指が入るか、そんな感覚までわかる。皆さん方はまったくわからないでしょう。

いまの私の話によっていくらか脳というものを知ったわけですが、それでもこれはほんの一部にすぎない。そういう意味で現実にはグレードがあります。基本的には五感から入ってくるものを現実と考える。ただし、それだけじゃないよと必ずいわれる。

プラトンの脳、アリストテレスの脳

もう一つの現実はリアリティです。これは日本語で真実。真に近いものが現実だと思っている人の典型は数学者です。現実感が、まったく違う活動に付着している。われわれの場合は知覚的入力に近いところに現実が感覚として付着していますが、数学者の場合は、もっと奥に入った脳の中の出来事を現実だと考えています。

その典型は哲学の中にたちまち出てきます。お気づきのように非常に有名なのはデカルトです。彼は、知覚的入力に近いところの現実感なんて、こんなものは疑えるといった。なぜかといえば、同じ感覚を与えてやれば、時計を持っているかのような感覚を起こす。だから時計がほんとうにここにあるのかどうかわからない。デカルトは、そういうことを考えている自分の考えだけは疑えないといった。デカルトは数学者です。数学者は脳の中で起こることを実在であると考える人たちです。

この系列のいちばん古い代表はプラトンです。プラトンにとっては実在するものは「イデア」です。イデアというのは、抽象的な完全な世界です。プラトンにとって実在するものは人間でいえば人の思想。では個々の人々というのは何か。それはイデアの不完全なあらわれです。

これらを哲学の学説とお考えにならないでください。それはプラトンの脳をいっているからです。デカルトの脳をいっているからです。

アリストテレスは何といったか。彼は、存在するものは個々のものであるといった。この考え方は、おそらくわれわれの考え方に近いと思います。しかし、プラトンの考え方ではない。これらをわれわれは真理についての議論だと錯覚《さっかく》するところがあるのです。

中世になると、何を議論するか。存在とは何かということを議論するのです。それは「プラトンの脳とアリストテレスの脳がどう違うか」という議論です。

われわれの脳は、先ほど感情と述べましたが、重みづけをする。その重みづけの究極はどこへ行くのかというと、現実です。ある事物を現実と考えるか、アクチュアリティ（日常性）と考えるかが、人によって違うということです。

これは社会の中でたいへんな問題を起こしています。たとえば日本の戦前の社会と戦後の社会では、日本人の考える「現実」が違う。戦前の日本人は、赤紙一枚で誰も文句をいわずに兵隊に行った。いま、防衛省からハガキが来て「あなたは召集《しょうしゅう》されたのでどこどこに集まれ」といわれてもほとんどの人が行かないと思います。

また、「国体」という言葉がありました。終戦の条件に日本が出した唯一《ゆいいつ》の条件は「国体を護持《ごじ》する」ということでした。しかし戦後の日本社会においては、八〇年前に日本の支配層が抱いたあの「国体」の現実感は嘘《うそ》のように消えてしまっています。

つまり社会の中で起きる「現実」というものも、多くの人がそれに現実感を持つか持たないかでまったく違ってしまうのです。

第3章　無意識の表現

人工化の波

誰もが一個の卵だった

表現とは何か。われわれはいろいろおしゃべりをしますが、それが表現です。おしゃべりという表現では女性が有利で、一対一になると絶対私はかなわない。わが家に来てもらえばわかりますが、私は言葉でいい負けています。この「言葉」というものが典型的な表現で、「言葉」が、人間の脳のいちばん大きな機能です。脳と表現の本題に入る前に、全体をどういうふうに考えたらいいか、簡単にお話ししておきます。

皆さんは人間です。これから子どもさんができるかもしれませんが、子どもが生まれるときに、今度生まれるのはイヌの子かブタの子かという心配をする人はいない。自分が産むのは必ず人間だと思っています。

なぜそれが保証されているか。それがご存じの遺伝子で、遺伝子系というものがあるからです。遺伝子が皆さんのかなりの部分を決めています。これを簡単に「ゲノム」といいます。ヒトの場合はヒトのゲノムを持っています。逆にいうと、ヒトを決めているのはヒトのゲノムですから、したがってヒトの子はヒトになります。そういう意味で、遺伝子がまず皆さんを決めてしまう。

日本の教育では、おそらくそういうことはあまりはっきりいわないと思います。そもそも「遺伝」という言葉はいい意味に使われていない。知りあいのNHKのディレクターが「人間の遺伝」という番組をつくろうと思ってしばらくやっていたが、久しぶりに顔を見たら、「先生、気が滅入ってしようがないんですよ」という。「なんで気が滅入るんだ」と聞くと、「人間の遺伝というのをやっているとろくな話がない」という。

それは当たり前で、いままでのところ人間の遺伝は、ずっと病気の面から調べられてきたのです。けれども、遺伝の問題はなにも病気だけに限らない。だからここからは、「ゲノム」といい換えさせていただきますが、ゲノムというのはどういう意味か。その動物の種を定めるために必要最小限の遺伝子のセットと考えていただければいい。イヌがイヌになるのはイヌのゲノムがあるからです。ヒトがヒトになるのはヒトのゲノムがあるからです。

皆さんは、顔も姿もさまざまですが、ずーっと遡《さかのぼ》ればみんな卵です。誰もが一個の卵。直径○・二ミリぐらいの卵だった。その卵を放っておくと、放っておいたわけではないのですけれども、とにかく内部に手を加えなくても適当に餌《えさ》をやって、適当な環境に置いておくと、大きくなって皆さんのようになるわけです。イヌにもブタにもならないのは、もっともヒトによってはブタになるといっている人がいますが、それはゲノムがそう決めているからです。

遺伝子で決まっている範囲はわからない

ゲノムがどのぐらい細かいところまで決めているか。そのことをいちばん簡単に理解していただくには、一卵性の双生児《そうせいじ》を比べてみればいい。二卵性では兄弟ですが、一卵性だと基本的にはクローンですから、非常に細かい点まで形質が似てきます。あそこまで似てくるということは、遺伝子を同じにしてやると、そうとう形質が似てしまうということを意味しています。

遺伝子はかなり細かい点までわれわれを決めています。これを逆にいうと、皆さんはゲノムの「表現型」であるという言い方ができます。当然、途中で怪我《けが》してからだに傷がついたりすることはありますが、基本的な性質は全部遺伝で決まっています。だから、イヌと違って吠《ほ》えることはできません。しかし、チンパンジーと違ってしゃべることができる。もちろんこれは、基本的にはヒトのゲノムが決めた範囲の話です。

日本の学校では、「為《な》せば成る」つまり「努力すればなんとかなる」というふうに教えています。なんとなくみんなそう思っています。教育というものは、為せば成ると考えないとできないものですから、遺伝子が決めているとはいいません。しかし、遺伝子が決めているといおうが、為せば成るといおうが、じつは結果は同じことなのです。

現在、ヒューマン・ゲノム・プロジェクトというものが進行していて、人間の遺伝子を全部読もうとしています。しかし、仮に全部読めたところで、その人がどのぐらいの能力を持っているかということを、読んだ遺伝子から計算することはできません。遺伝子で決まっているといっても、決まっている範囲がどこまでか、われわれはまだ知らないからです。

遺伝子が決めていると考えるか、為せば成ると思うか、どちらでも結果に関係はありませんが、ただ一つだけ違うところがあります。つまり遺伝子で決まっていると思えば、遺伝子によってわれわれの性質がどういうふうに決まってくるんだろうということをまじめに研究する気になります。一方、遺伝子で決まっていると思っていなければ、すなわち為せば成ると思っていれば、そういう勉強はしないだろうと思います。だから、日本ではそういう意味での遺伝の研究は割合少ないです。

皆さんを先ほど私は「表現型」だといいました。つまり、遺伝子は、その個性を形にして外にあらわしてきます。それで、われわれはお互いに人間だ、と普通は認知できます。この中にチンパンジーが一匹交《ま》じっていれば、どう考えても学生ではないものが入っているとわかります。それがまさに遺伝子のあらわしている表現型です。しかも、その遺伝子という、わけのわからないものは、実際には化学物質にすぎない。そこに書かれているいわば情報が、皆さんの形質を完全にあらわしているのですから、これは「情報系」という言葉でいうこともできるでしょう。

二つの情報系

遺伝子は普通の情報系とはちょっと違いますが、一応、情報系とすると、人間はもう一つの情報系を持っています。それが神経系、すなわち脳です。神経系と脳は一緒ではありませんが、ご存じのように脳は中枢《ちゅうすう》神経系の一部です。中枢神経系には脳と脊髄《せきずい》、それ以外に末梢《まつしょう》神経系というものがあって、からだ中に配線が張り巡《めぐ》らされています。だから、脳だけ取りだしてもしようがないわけです。

脳だけ切りだして十分な栄養を与えてガラスの中で飼《か》うというＳＦがありますが、そうやったらどうなるだろうということは、実際、私自身も興味があります。あるのですが、それをやった人はもちろんいません。

ともかく私たちは、遺伝子系と神経系という、二つの情報系を持っています。では、遺伝子系は何をしているか。先ほどいったように、それが皆さんの形、体質、さまざまな性質をほとんど決めています。もっと別の言い方をすると、「生きている」ということを決めています。

細胞一個、アメーバとか、植物を考えてもいいのですが、それらには脳がない。脳がなくても彼らはちゃんと生きている。そうすると、生きているという行動をするためには、生物は基本的に遺伝子系という情報系を持っていれば十分だと考えることができる。私は、「生きている」ということをむしろそういうふうに定義しています。

遺伝子という情報系をもとにして、「生きている」ということが成り立っているのです。

ヒトの場合はどうなるか。脳死問題が浮上し、その法的決着でおわかりだと思いますが、脳死したらいちおう死と認めても構わないのではないかという考え方が出てきます。どういうところで議論となったのかというと、脳死の人でも、当然のことですが、遺伝子系はまだ生きている、ある意味では働いているんです。

だからまだ生きているという人がいます。一方で、人間の場合、脳が死んでしまったら、これはいちおう死んでいるとみなしてもよかろう、という立場をとる人がいます。つまり二つの情報系のうち片方が完璧にダメになる、とくに人間の場合、神経系がダメになったら、これは死んだと認めようという考え方が出てくる。

われわれは二つの情報系を持っていて、そのどちらを欠いても具合が悪い。一つの考えとして、非常に基礎的に考える人は、遺伝子系が神経系をつくってくるわけですから、根本的な原理は遺伝子系に含まれているというふうに考えます。しかし、根本的な原理は遺伝子に含まれているんだ、と考えて遺伝子系の研究をするとしたら、そのときに考えたり研究したりしているのは神経系、つまり脳なのです。

虫歯になって痛いときに、歯医者に行って歯を抜いてもらう。そのときに麻酔薬《ますいやく》を注射する。あの注射器を借りてきて、頭蓋骨《ずがいこつ》にドリルで穴をあけて、麻酔薬を少しずつ頭の中に入れていく。そうすると、遺伝子系が神経系をつくりだすのだから、遺伝子系の中にわれわれの持っている基本的な規則はすべて含まれているはずだ、という考え自体が消えていってしまいます。どんどん入れていくとどうなるか。最後に脳死と同じ状態になって、考え自体がゼロになってしまいます。したがって、私は、この両方を消すわけにはいかないと考えているのです。

だから、われわれは遺伝子系と神経系という二つの情報系を持っている、ということをまずいったわけです。学問をやる人というのはわりあいに面倒くさいことを考えるのが嫌いで、二つあるというと、もうそれだけで錯乱《さくらん》する場合があります。どちらか一つにしてくれと思う。それでも、しかたがないから私は二つを認めます。

脳というものの実感がない

情報系として見たときに、脳というものは何をやっているのか。皆さんは脳を持っています。ここにいる人の数だけ脳がある。けれども、普段は、見たことがない。食べたことがない、さわったことがない、拾ったこともない。当然ですが、それで何が具合が悪いかというと、脳というものの実感がないということです。

これまで教育を受けてくる過程で、おそらく皆さんは実感のないことをずいぶんしてきただろうし、習ってきたのではないかという気がします。ほんとうは、これがダメなのです。実感がないものをいくら扱おうと思っても、結局自分で扱いようがない。

日本人は、魚を食べる民族ですが、魚を食べるときに脳味噌をわざわざ突っついて出して食べているという人はいない。肉屋に行っても、せいぜい売っていてもタン。あれは舌です。舌はいちおう内臓ということになっていますが、あれは内臓ではなく横紋筋《おうもんきん》で、しかも首の筋肉が移動してきてできた変な器官です。そんなことはどうでもいいのですが、われわれは脳というものに触れたことがない。これが、皆さんに説明するときに私がいちばん困るところなのです。

普通は脳を持ってきて説明するのですが、持ってくるのもいろいろたいへんで困る。脳はけっこう大きい。平均で重さがだいたい一三五〇グラム、一キロ以上ある。とくに私の持ってくる脳はスライスになっていたりするので、何枚にもなってしまう。荷物が増えてしまう。私は二個以上荷物を持つと必ず忘れるという性格だから、きっとそれをどこかに忘れてきてしまう。そうすると非常に具合の悪いことがある。

かつて東京の整形外科のお医者さんが患者さんの足を切って家で調べるといって紙袋に入れてタクシーに乗って忘れたという事件がありました。医者はえらく怒られた。私も脳味噌を忘れるわけにいかないので、持つと緊張します。それで、疲れるから持ってこない。だいたい大勢の人に、回して見てもらうのも無理です。ほんとうは脳を直接見ることができるといいのですが。

新たに亡くなった人がいらしてその遺体を処置するときに、いちおう脳は出しておきます。遺体には最初にホルマリンを注入します。多少固まった段階で脳を出します。脳は骨で囲まれて、ガチッと頭の中に入っているので、遺体をホルマリンの中に放りこんでもアルコールの中に放りこんでも、なかなか薬品が通ってくれません。それで、脳だけは出します。

脳をどうやって出すのか。よく、頭の皮を剝《は》ぐといいますが、あれは簡単に剝げるから剝ぐのです。皮を切って両側に割れ目を入れて手を突っこんでビーッと剝ぐと、きれいに骨との間が剝がれます。つまり頭の骨と頭の皮の間には、ほとんど直接の繫《つな》がりはない。頭の皮にいっている血管は皮膚からきていて、頭骨を突き抜けてきているものはほとんどない。そういう連絡がないから簡単に剥がれる。きれいに皮を剝ぐと骨が出てくるから、これを鋸《のこぎり》で切って、ポコッとお椀《わん》みたいに外《はず》します。

それで脳が見えるかといったら見えません。その下に、非常に硬い膜があります。脳膜という言葉をよく一般の方が使うが、われわれは硬膜《こうまく》といっています。脳の手術で欠損《けっそん》を起こしたところにこれを移植して、ご存じのように狂牛病、クロイツフェルト・ヤコブ病が伝染するということが問題になったわけですが、その硬膜をかぶっているので、それをまた外します。

そうするとはじめて脳がいちおう見えるようになります。表面には軟膜《なんまく》という膜がまだかぶさっていて、血管がたくさん走っていますから多少かすみがかかったようになっています。それでもいちおう脳の表面が見えてきます。だから、そこまで出して、透明なガラスかアクリルのふたをかぶせるならば、脳を見られるわけです。

嘘をつくほうが頭を使う

私も、頭をそういう状態にしてここへ出てきて話をすればわかりやすいわけです。ああ、脳があるな、とわかる。あるということがわかるだけではなくて、これがいちばん重要なのですが、脳の働きがわかる。

言葉は左の脳の機能になります。私の場合も、測定してないけれども、間違いなく左だと思います。

脳は使っている場所に血液が集中するという性質を持っています。われわれの脳は表面に神経細胞があって、それを大脳皮質《だいのうひしつ》と呼んでいます。その皮質の働いているところは、急激に血液が集まってくるので赤くなります。だから、私がしゃべっていると左の脳が赤くなるのが見えてくるでしょう。

おしゃべりをするときに働く場所は、はっきりわかっています。脳と言葉の関係で最初にわかった場所の一つで、これを「ブローカの運動性言語中枢」といっています。しゃべっているときは、当然、そのへんのところはまっ赤になっているはずです。

さらに、しゃべっているときは声が自分に聞こえています。つまり言葉をしゃべるとともにそれを聞くという作業を同時にやっている。だから、聞くところに関係のある場所も、やはり血液が集まっていて、そこが赤くなっています。そういうのを直接見られるならば、脳というものが普段ちゃんと働いているんだなあという実感が出てくると思います。

私だけでは不公平だから、じつは皆さんも全部そうやって脳が見えるようにしてここに来てもらうといい。私がしゃべっている間、皆さんがちゃんと聞いていれば、ずっと左側が赤くなっている。後ろでウォークマンを聞いている人がいると、そこだけポツンと右側が赤い。音楽は右脳だから、すぐわかる。今日はわりあいに気温が高いし、食事もすんでいるだろうから、もう三〇分もすると眠くなってあちこちに青白い脳が見えてくるはずです。

これなら脳の機能というものが実感として把握《はあく》できます。これがないものだから脳の話は非常に具合が悪いのです。

それをなんとかしたいなと前から思っていたのですが、実際には現在、いま私が半分冗談《じょうだん》でいったようなことが機械でできるようになっています。病院でCTスキャン検査を受けた人がいるかもしれませんが、ああいう機械です。『脳を観る』（日経サイエンス社）という本に、どういうふうに具体的にやるかということが丁寧《ていねい》に書いてあります。

皆さんがおしゃべりをするとき、じつは脳のいろいろなところを使っています。言語に関係している部分が壊れたら言語がダメになるというだけの話であって、そこだけが言語に絡《から》んでいるわけではない。全体をかなりよく使っています。それがいちばんよくわかるのは、嘘《うそ》発見器。あれは自律神経の反応を見ています。手に汗を握るといいますが、嘘をついたときは緊張するから、その分だけ生理反応が違ってくる。それを測っているわけです。

いまでは、もうちょっと確実に、嘘をついているかどうかわかるようになっています。それは、しゃべっている人の脳を映しだして調べてみればいい。つまりほんとうのことをいっているときと嘘をついているときとでは、当然のことに赤さが違う。嘘をつくほうが脳を一生懸命に使う。その余計に脳を使った分、余分に赤くなっているわけです。

そういう話をしていたら、早稲田大学の吉村作治《よしむらさくじ》さんという人が私の隣に座っていて、「何も考えないでどんどん嘘つくやつがいるけど、そういうのは区別がつかないだろう」とおっしゃる。

「そうかもしれません」なんて答えたのですが、いちおう嘘をつくほうが頭を使うので、その違いを測ることはできるはずです。

人工呼吸器と脳死問題

まず、私たちの脳がそういうものであるとして、これを情報の処理装置と考えます。情報処理装置とはつまりコンピュータです。コンピュータというやつは、皆さんが一生懸命キーボードを打って情報を入れないと何もしてくれません。

何かが入って、何かが出ていく、それが脳。それでは何が入るのかというと知覚です。感覚といってもいいし、知覚といってもいい。これをまとめて具体的に五感といっています。

五感から入っていく。それを入力系とすると、出力は何か。運動あるいは行動がそれです。運動と行動の違いは何かというと、行動というのはある文脈の中に置かれたもの、たとえば野球をするのは行動です。バットで球を打つというのは、まあ行動といってもいいですけれど、そのために腕を振るというのは運動です。

運動を別の言い方をすれば骨格筋《こっかくきん》の収縮になります。さらに別の言い方をすれば、運動神経の末端《まったん》からアセチルコリンが放出されることです。そういうふうにいろいろな言い方ができますが、とにかくそれが出力です。

脳の出力は基本的に骨格筋の運動である、ということは前にも述べました。先ほどアセチルコリンの放出といいましたが、脳はアセチルコリン以外のものもいろいろ出しています。ホルモンです。ただ、それらはからだの中に出ているものです。しかし、脳が情報処理装置として外界と関わるときに問題になってくるのは、あくまでも骨格筋の運動だけです。

自分の骨格筋の運動が止まるということを、皆さんは経験したことがないはずです。なぜなら骨格筋の運動が完全に止まると死んでしまうからです。

骨格筋の運動が止まるとなぜ死ぬか、その理由を改めて考えるようでは、自分のからだについてこれまでほとんど考えたことがないということです。

まず第一に、呼吸ができなくなります。息ができなくなる。息をするときに必ず動いている筋肉があります。横紋筋、つまり横隔膜《おうかくまく》です。

横隔膜というのはおもしろいものです。解剖《かいぼう》で横隔膜を見せてくれという人がいるので、見せてあげると、筋肉だということを知って仰天《ぎょうてん》します。腹膜《ふくまく》とか胸膜《きょうまく》とか腸《ちょう》間膜《かんまく》とか、いろいろ膜という名前がついている、そういうものと同じものだと思っていたわけですが、そうではない。横隔膜は、膜という名前がついていますが、筋肉です。それが収縮する。同時に呼吸筋、肋間筋《ろっかんきん》が収縮して、胸郭《きょうかく》を広げる。そういう形でわれわれは息を吸いこんでいる。息を吐くときは力を抜いているだけです。

ともかくわれわれの出力は、骨格筋の運動としてだけ出てくる。このことを納得してもらいたいのでちょっと難病のお話をします。難病といわれる病気が世間にはいくつかあります。皆さんは宇宙論研究者のスティーブン・ホーキングという人をご存じかと思いますが、テレビに車椅子で出てきます。

彼がかかっている病気が筋萎縮性側索硬化症《きんいしゅくせいそくさくこうかしょう》、筋肉がしだいに動かなくなるという病気で、最終的には車椅子どころではなくて、口がきけなくなります。それがさらに進行すれば呼吸ができなくなります。といっても現代医学では、呼吸ができなくなったからといって人が死ぬことはない。どうしてかというと、人工呼吸器というりっぱな機械がある。これをつけることによって、じつは脳死問題が発生したのです。

そのことを、知っている人は知っているでしょうが、ともかくいまは呼吸ぐらいは機械にやらせることができるようになっています。

それでは、ホーキングのように人工呼吸器をつけた状態になったら、人はどうなるか。皆さんはおそらく考えたことがないと思います。

肛門で返事

私の知っている方にも筋萎縮性側索硬化症の方がいます。最初、歩けなくなり、次に寝たきりになって入院します。その段階ではまだ口がきけますが、やがて口がきけなくなり、同時に呼吸とか、ものを飲みこんだりすることがあぶなくなってきます。といっても、食べるほうも現在では何の問題もない。胃にじかにチューブを突っこんで、そこから栄養物を注入してやればいいわけですから。

皆さんは別にものが飲みこめなくなったからといっても、いっさい心配する必要はない。あまりうまいものは食べられませんが。あとは、呼吸は機械でやればいい、それで万全とお考えになるかもしれませんが、そうではありません。

その方は入院して三年目になるまでに、完全に筋肉が悪くなりました。歩けなくなる。寝たきりになる。そのうち口がきけなくなる。問題は、口がきけなくなった段階です。看病しているのは奥さんですから、奥さんは旦那《だんな》さんの意見を聞かなければならない。「寒いですか」と聞いたときに、どういうふうに相手の返事を聞いたらいいのか。

ある段階まで、旦那さんはまだ目が動かせた。だから、目を動かして返事ができた。

イエスなら目を動かしてくださいということができました。そのうち目が動かなくなる。でも、まだ舌が動く。ですから、舌を動かして返事をしていました。お腹が空《す》きましたか。痒《かゆ》いですか。どこが痒いですか。背中が痒いですか。お腹が痒いですか。順番にいっていけばいいわけです。そのうちに舌が動かなくなります。

この病気は子どもにも発症するので、そういう子どもさんを持ったお母さんたちが発見した最後の手段が一つあります。その方も、最後はその方法を使いました。全部動かなくなった段階、舌も動かなくなった最後の段階で、唯一《ゆいいつ》動く筋肉があります。外肛門括約筋《がいこうもんかつやくきん》という筋肉で、お尻の穴をしめる筋肉です。

肛門なんて、皆さんはくだらない存在だと思っているかもしれませんが、じつはずいぶん高級な器官でもあります。もともとあれは腸の筋肉、つまり平滑筋《へいかつきん》であったものが、随意的に動く横紋筋に変化したもので、神経の位置も普通の筋肉とは違っています。そういう病気でも長く生き残っています。だから、奥さんはお尻の穴に手を当てて返事を聞いていました。イエスならば返事をしてください。

やがてそれが動かなくなりました。六年入院していたのですが、三年目です。完全に意思表示がなくなりました。それから三年生きておられましたが、亡くなられました。奥さんが銭湯に行っている間に人工呼吸器が外れたのです。本人は動けないから人工呼吸器を外せるわけがない。これは事故です。こういう事故は病院ではときどき起こります。

そういう病気で入院していっさい意思表示ができなくなると、見た目に異状はないけれど、脳がどうなっているか、感覚器がどうなっているか、外からはわからない。本人からまったく返事がないから、何を考えているかわからない。痛いのか、痒いのか、つらいのか、つらくないのか、いっさいわからない。

このように、脳という入出力系は、随意筋の運動を切られるといっさい出力がなくなります。出力がなくなっていくことに対して、さまざまな手を打つことができますが、意思を聞くことだけはできません。このことは、しかと覚えておいてください。

入力のほうは幸い五つ、五感というぐらいで、いろいろあります。目が見えなければ耳が聞こえる。耳が聞こえなくてもさわった感じでわかる。ヘレン・ケラーになります。そういう意味で知覚系はいくつか保証されています。

知覚系から入って、運動として出ていくというふうに考えますと、脳というのは典型的な情報処理装置です。私は長年教師をやっているので、よくわかっています。学生さんというのは、いくら入れても出てこない。子どもを育てればよくわかりますが、ガミガミいっても何も出てこない。よそのほうに行ってしまう。これもしょっちゅうあることで、これが情報処理装置の問題点だということは誰でもわかっている。ともかく、入力があって出力がある装置、これが私たちの脳に対する一つの見方です。

「好き」は係数が大きい

この脳という情報処理装置中でいろいろ計算をすると、計算した結果が出力で出てきます。単純に考えれば、脳というのはそれだけのものです。では、どうして入れているのに出てこないのか。これは簡単なことで、係数《けいすう》がかかっているからです。バイアスがかかっているからです。

人間とコンピュータでいちばん違うところはどこかと聞くと、多くの人はコンピュータには感情がないでしょう、と答えます。じつは、コンピュータに感情をつけることは簡単にできます。ただ、皆さんがその感情という言葉の意味を主観的に捉《とら》えているので、そう思われないだけのことです。

主観的とはどういう意味か。脳は奇妙なことに意識という世界を持ってしまっていて、私たちはその中で脳がやっていることをいちおう把握しています。つまり、自分が何をしているかわかっているわけです。その意識の中に感情と呼ばれるものがあります。では、脳という情報処理装置にとって、感情とは何かというと、入出力関係の間にかかってくる強いバイアス、別な言い方をすればウェイティング、重みづけなのです。

これだけでわかれば大したものですが、重みづけとは何かを説明しましょう。皆さんいちばん苦手《にがて》かもしれませんが、もっとも簡単な例をとると、y＝ax。こういう式を習ったでしょう。xに何かを入れるとyの値が決まる。xに1を入れたらy＝aだし、2を入れたらy＝2aでしょう、と教わったでしょう。

ではaとは何ですかと聞くと、数学の先生はこれは何でもいいんだ、という。でも定数、決まった数だという。何でもいいのになぜ決まっているのか、まずそこでわからなくなります。だが、いまの例をちょっと考えてみてください。

a＝0だったらどうなるか。何を入れてもy＝0です。だから皆さんに何を入れても、係数が0の人は何も出てこない。聞いてないということです。それだけのことです。それでは、この数が大きいというのはどういうことか。それが好きだということです。よく「一を聞いて十を知る」といいますが、aが10ならxに1を入れれば$y=10$ですから、一を聞いて十を知るわけです。

0になるか、10になるか。それを皆さんは意識の中で見て、好き嫌いといっているのです。好きなほうは係数が大きい。嫌いなほうは小さい係数がかかっています。いちばん小さいのは0。何も出てこない。だいたい感じとしてはわかるでしょう。それを主観的に捉えて、好き嫌いといっているわけです。

「ビュリダンのロバ」とコンピュータ

なぜバイアスをかけるか。これは、コンピュータで論理計算をやったらどういうことになるかを考えたらすぐにわかります。もし脳というコンピュータが完全な論理計算機械だったら、皆さんはたちまち立《た》ち往生《おうじょう》します。なぜかというと、生物は論理計算機械としては行動できないからです。

有名な例があります。哲学のほうで「ビュリダンのロバ」というものです。ロバというのは西洋ではバカな動物の代名詞です。幸い日本には「ウマ年」はあっても「ロバ年」というのはありませんが、腹の減ったロバを二つの干し草の山のまん中に置くと、どっちを食べていいかわからなくて、結局、飢《う》え死《じ》にしてしまうというのがビュリダンのロバ。哲学では、これを価値観の問題としていっています。

　そこでもう一つ踏みこんで考えてみてください。バカなロバではなくて、皆さんがもし完全に論理的な計算だけをする高度のコンピュータだったらどうするか。このコンピュータはこちらの山を食うべきか、あちらの山を食うべきか、すなわちどちらを食ったら得かをすべて計算で決めようとします。なにしろ論理機械なのですから。

　そうすると、まずやらなければいけないのは、どっちの量が多いかを知ることですが、干し草を往復するような手間はかけないで、なるべく安いコストで知ろうとします。コンピュータはお利口ですから、そういう手段を論理的に割りだして、ソナーを使うかレーザーを使うか知りませんが、ともかく両方の量を量《はか》ります。量ったところが一グラムと違わないという答えが出てしまいます。

　そうするとまだ結論にいたらないので、次に距離を測ります。重心までの距離を測定する。今度も一センチも違わないという答えが出る。まだ結論が出ないので、次にコンピュータは、食べるためにそこまで移動していくと仮定する。途中の道がでこぼこしているから、このでこぼこを全部知ろうとして計算しはじめます。延々とやっているうちに、やっぱり腹が減って死んでしまう。バカなロバと同じ結果です。

結婚相手が決まるカラクリ

もちろん生き物はそんなことはしません。それは、皆さんが結婚するときのことを考えればわかります。自分が結婚する相手の異性は、地球には六〇億人間がいるから、だいたい三〇億いる。その三〇億のうち年齢からいって上の一〇億と下の一〇億は問題にならないとすると、まん中の約一〇億が相手です。それをどの相手が自分に適当かと論理計算で計算していたら、計算をやっているうちに自分が死んでしまうのはすぐわかるはずです。

ではどうして相手が決まるのかというと、一目惚《ひとめぼ》れとか、そういうアホなことで決めているわけです。先ほどいった通り、入力にバイアスがかかっているからです。勝手なバイアスをつけて、その重みをほぼ絶対なものとして認めるから、相手が決まる。だから、脳は論理機械ではない。もし論理機械であったら、結論が出る前に必ず死んでいる。

生き物はそういうバカなことをしないで、非常に強くバイアスをかけています。そして、情報にかかっているバイアスを、意識は自分で把握することができます。そうした把握をしばしば感情、すなわち好き嫌いと呼んでいます。これが好き嫌いの基本的な原理です。

脳は完全な論理機械ではありません。しかし、情報に非常に単純に係数をかけること、すなわち重みづけができると考えたとたんに、感情というものが一見不合理に見えてきわめて合理的なものであるということがわかってきます。感情は意識の中では不合理の代名詞にされています。なぜかというと、論理はイコールで把握されるものですが、感情は係数によって把握されるものだからです。それだけのことです。ａの決め方は論理ではありません。これは何でもいいのです。

では、y＝ax のａの決め方が具合の悪い人がいたらどうなるか。そんな人はいずれいなくなるだけのことです。長い進化の過程でａの値というのはある範囲に決まってきています。しかし、これを一定の値に収束《しゅうそく》させていないところがミソなのです。もうおわかりの通り、「蓼《たで》食う虫も好きずき」ということで、どんな人でも結婚しようと思ったら、たいていの場合、相手が見つかるわけです。生物の脳というのはそういうふうにできています。

脳の基本的な説明が続いて、なかなか「表現」に行かないけれども、脳は入出力装置だといっている意味が、少しおわかりいただけたのではないかと思います。入ってきたものをいろいろ選《よ》り分けて外に出す。それだけのこと。これは動物でもまったく同じです。

動物でも同じだとつくづく思ったのは、女房がアメリカに行ってしまって独《ひと》りになってしまったときのことです。私は、三週間ほど独り暮らしをしました。ただ厳密には独り暮らしではなくて、わが家には猫が一匹います。その猫に餌《えさ》をやらなければならないのです。

はじめは缶詰があったので、それを毎日食べさせていました。思ったよりたくさん食べる。女房が用意しておいた缶詰が三週間たたないうちになくなってしまいました。買いにいくのは面倒くさいし、冷蔵庫を開けたらキュウリが入っていたのでキュウリを食べさせようと思ったのですが、やはり猫は食べない。それで考えたんです。

猫はキュウリを食べていたっていいんです。だいたい、食べたものは小腸まで入っていけば、水と無機塩類と糖とアミノ酸と脂肪酸とグリセリンに変わっていく。小腸までいけば同じことなんだから、「おまえはキュウリを食え。現にパンダを見てみろってんだ。昔は肉を食っていたけれども、いまは笹の葉っぱを食っているじゃないか」と猫を説得した。猫にその論理がよくわかれば、それで通じるはずなのですが、ダメなのです。

では、どうして猫は魚しか食べないか。当然のことですが、魚から入ってくる入力は猫にとって食物としてプラスの入力として働きます。しかし、キュウリから入ってくる入力は、食物としての入力は完全にゼロなのです。だから、猫に意識があれば「私はキュウリは嫌いだ」というに決まっています。それを主観というのはおかしいのであって、単なるバイアスです。

言葉だけでない何か

皆さんの脳はコンピュータなのです。そのコンピュータが出力してくるものによって何をするかというと、脳はたいへん妙なことをする。さまざまな脳を繋いでしまうのです。何で繋《つな》いでいるか。言葉で繋いでいる。ただし、繋いでいるのは言葉だけかというと、そうではありません。

私が、本を書いたりテレビですませればいいのに、なぜわざわざここに来るかというと、何か知らないけれども、ここに来ておしゃべりをしたほうが、言葉だけでない何かが伝わっているからなのです。その何かを含めて、「表現」と呼びます。

いまでは伝えることをコミュニケーションなんていっていますが、コミュニケーションの基礎になっているのは、それぞれの脳が出してくる表現です。その表現の典型的なものが言葉です。

人間はこういう大きな脳を持つことになって何をしたかというと、まず社会をつくりました。その社会の中ではコミュニケーションがどうしても必要で、それが脳と脳を繋いでいる。繋いでいるその一つ一つの局面をしっかり捉えて見てみると、それは脳から見れば、出力した表現であるということです。

言語についての私の定義

言葉とは何か。言葉のいちばん大きな特徴を説明すれば、脳の説明もあらかた終わります。

皆さんはものを見ることができる。目玉だけでものを見ようとしてもできない。ゲゲゲの鬼太郎《きたろう》のおやじさんは、目玉だけでいちおう生きていますが、ほんとうは、目玉だけではダメなんで、目玉の後ろに脳がついてないとものは見えません。だから、目の後ろについている脳の部分も含めた全体を「視覚系」とわれわれは呼んでいます。

次は耳、聴《き》くほうです。耳といっても、外側についている耳は完全に余分なものです。人間のからだの中で、この外耳といっている耳ぐらいわけのわからないものはありません。ただ、これがないと眼鏡がかけられないということが一つあります。あとはだいたい子どもの耳を引っぱるときに使われるくらいで、ほかにあんまり役割はない。あれは集音器だといわれていますけれど、はっきりしない。したがって、聴覚系とは内耳から脳まで繋がる部分を指しています。

皆さんは目と耳というものがいかに違うかということを意識したことがないと思います。目をつぶったらわかることですが、いままで見えていた世界がガラッと変わってしまいます。いわばなくなった感じになる。その代わり耳から、ドーッとでもないけれども、いろいろないままでと全然違った入力が入ってきます。そしていままであったものの多くが消えてしまいます。すなわち、目と耳はまったく違うものを扱っている。当たり前といえば当たり前ですが。

それでは、それほど違う目と耳が「言葉」の中でどうなっているか考えてみてください。同じになっています。これは一体どういうことか。前のほうでノートをとっている人がいるが、私がしゃべっていることがいつのまにか字になっている。字になっていることは、それを見ると読めるということです。字がわからなかったら、紙の上にシミがずーっと並んでいるにすぎない。さらに、文字が読めるということは、それが日本語の文法として把握されているということを意味しています。

読むということは、目から入ってくるということですが、それでは、同じことを耳から入れたらどうか。なんと同じ規則で日本語として把握されます。それで、視覚系と聴覚系が重なったところは言葉だな、という結論が出てきます。

なんでこういうことを、これまでいわなかったかというと、言葉は、耳から入ってくる「音声言語」が基本だという考え方がどうしてもあるからです。日本の歴史を考えたらすぐわかることですが、文字は中国から入ってきました。そのときに稗田阿礼《ひえだのあれ》が語ったものを、太安万侶《おおのやすまろ》が口述筆記ではないけれど、とにかく『古事記《こじき》』を書くわけです。それ以前の日本語には文字がない。そうすると、なんといっても言葉というのはおしゃべりして耳で聞くのがほんとうでしょう、と思うのが常識で、本居宣長《もとおりのりなが》は、中国から文字が入ってきてから日本人は悪くなった、大和心《やまとごころ》がすたって、唐心《からごころ》が幅をきかしているといっています。

フランス人なんかも頭からそう決めていますから、音声言語が当然のこととして、言語の主流、本質であるといいます。けれども、考えてみてください。文字を書くというのは容易なことではない。だいたい、紙と鉛筆がいる。そして、そういったものが発明されてくるのは文明にかなり余裕ができてからのことです。

私は、われわれのような現代人、ホモ・サピエンスが出てきたときには、すでに言語の能力はできあがっていたと考えています。これはゲノム、遺伝子の問題です。文明の産物ではない。歴史的に音声言語が先行したのは元手が安いからです。

実際に皆さんは、毎日毎日、しゃべっていると思いますが、ほとんど一文《いちもん》もかからない。おしゃべりぐらい安くあがるものはない。昔の人間も同じです。言語は安いほうからできてきたのです。

本を読んだり、ものを書いたりするのは金がかかります。もちろん私は、歴史的には音声言語が先だからといって、言語の本質が音声言語だと思っているわけではありません。言語の本質を音声言語だとすると、動物の鳴き声は言語かとかいう、くだらない議論をしなければならなくなります。だから、私はこう定義しました。「視覚と聴覚に共通の情報処理規則を言語という」というふうに。

音楽も美術も言葉もそっくり

皆さんは、生まれたときから言葉の世界にどっぷり漬《つ》かる生活をしています。それはほんとうに驚くべきことだと思います。うちの娘なんかを見ていると、朝起きるとポーンとテレビをつけている。テレビはのべつまくなしにしゃべっている。皆さんには、視聴覚に共通の情報処理規則としての言葉というものが、はじめから完全に与えられたものとして入っているんですね。

私が子どもだったときはまだ、こんなに言葉は一般的ではありませんでした。だから、私よりもっと前の年寄り、とくに男の人は割合に寡黙《かもく》です。黙っていた。私も子どもの頃は全然口をききませんでした。だから、親戚に使いに出すときには、母親が手紙を書いて私に持たせていました。そして相手の家に行って「はい、これ」といって手紙を出していました。

そんなふうに、だいたいあんまりしゃべらない。女性というのはしゃべらない子どもはバカだと思っていますから、私の母は、言葉ができないから私を完全に知的障害があると思っていた。それで知能検査に連れていかれたのをよく覚えています。まあそれはいいのですが。

私は、好きなコマーシャルはと聞かれると「男は黙ってサッポロビール」といいます。それは、子どもの世界がまだいまほど大きくなかった時代の話を懐《なつか》しんでいっているという面を持っています。皆さんはあまりにも、この視覚と聴覚の共通性のある世界、言葉の世界に慣れ切ってしまっています。いっぺんは視覚と聴覚を分けて考えてみたら、よくわかるでしょう。

私は芸大の大学院でも教えましたが、芸大がまったくそのように分かれています。上野に行ったことのある人はご存じだと思いますが、道の南側が美術学部で北側が音楽学部で、まん中に道路が走っています。私はあの道路が言語だよといって芸大の学生に教えます。そして、この三つがもし別のものだと思っていたとすれば、それは現在の社会構造がそうなっているからです。

当然のことですが、音楽を専攻する人は音楽の大学へ行くし、絵画を専攻する人は美術学校へ行くし、言葉をやる人はまた別だと、こうなってしまいます。だけれども、表現というジャンルで見れば三者ともじつによく似ている。そっくりだということです。

では、言葉と絵画の間に何があるか。じつは日本の漫画は、徹底的にその中間に位置しています。絵画でもなければ言葉でもないのですが、どちら側の役割も果たしています。漫画を見ればたちどころにそれに気がつくはずです。

まだ納得いかない人のために、もうひとことつけ加えておきます。言語と音楽がいかによく似ているか。それは習得の過程を考えるとよくわかります。音声言語にせよ音楽にせよ、非常に早期から教えないと、なまりが入ってしまいます。まず第一に耳がダメで、音の区別がつかなくなってしまいます。なまるということは、耳がダメだということです。運動のほうはかなり修正できますが、耳が区別できなかったらどうしようもありません。

日本人の英語の典型的な欠点は、アメリカ人でも知っていますが、LとRの区別がつかないということです。私はちゃんと区別してしゃべることはできますが、私の耳はLでもRでもどっちでもいいよといっています。しかし音楽でそれが起こったら致命的ですから、ある年齢以降に音楽を習ってもだいたいダメ。いくら練習してもダメなのは、運動機能は鍛錬《たんれん》できても、耳が音を区別してくれないからです。

運動機能と耳は全然違うもの、無関係のものと思っていたかもしれませんが、皆さんがおしゃべりをするときに正しい日本語をしゃべれるのは、その両方を無意識のうちに訓練してきたからです。われわれが日本語をしゃべっていると、自分がしゃべっている音が自分の耳に入って聞こえていて、それが変ならただちに訂正するという形でぐるぐる回しています。音楽がこれとまったく同じです。

ピアノを弾《ひ》いているのは声帯の代わりに指が動いているだけのことです。音が出て耳に入ってくる。それがおかしければまた弾くほうを訂正するという努力を繰り返しているから、演奏家の指の動きは素人《しろうと》にはとても真似《まね》ができないわけです。皆さんは日本語を自由にしゃべっているから、それがいかに精妙で複雑な動きかということを意識していません。しかし、ロシア人に日本語をしゃべらせたらまず往生する。当たり前の話であって、音楽と同じで、演奏の訓練をしなければできないからです。

演奏家の右脳

左脳にブローカの運動性言語中枢というものがあります。脳は基本的に左右対称ですから、右側にも同じところがあるはずです。左側が言葉をおしゃべりをするために使われているところであるなら、そこを右側では何に使っているのか。そこは遊んでいるのかという話になります。

たいていの場合は遊んでいます。ただ、世の中には、右側のおしゃべりの部分が遊んでいない人がいます。楽器の演奏家がそうなのです。楽器の演奏は、言葉をしゃべるのと同じことを右脳でやっているのです。

なぜそんなことがわかるか。じつは、その部分だけが障害を受けることがまれにあるのです。たまたまそれが、演奏家になろうとしていた女子学生だったという珍《めずら》しいケースがあります。

カナダの事例です。アメリカとかカナダの場合、普通の学校を出てから専門学校である音楽学校や美術学校に入る。大学でその子は、オーボエの専門家になろうと思って、すでにオーボエを玄人《くろうと》並みに吹いていました。

毎日、一生懸命練習していました。その子がある朝、目を覚まします。気分はなんともないのですが、オーボエを手にとったら持ち方がわからなくなっていた。演奏するときの持ち方がわからない。吹くどころではない。それで何が起こってしまったんだろうと、大急ぎで医者にすっ飛んでいった。最後は精神分析の医者に回されます。

からだの具合はどこも悪くない。結局、治《なお》りませんでした。

その人は、オーボエの専門家になるのは諦《あきら》めて医者になりました。医者になって結婚することになって、結婚式に呼ばれていったのがクローワンズという神経内科の医者だった。そのお医者さんが、友だちから花嫁の過去のそういう話を聞いて、それでは脳のＣＴを撮りなさいといった。ＣＴを撮ったら、まさに右脳のその位置に古い脳《のう》梗塞《こうそく》の跡があったのです。

当時彼女はピルを常用していた。ピルは凝血《ぎょうけつ》の副作用があるので、ときどきこういうことが起こります。つまり軽い脳梗塞を起こします。この程度の脳梗塞だと若い人はびくともしません。ただ、運の悪いことに、演奏をするという、複雑な言語運動と同じ働きをする運動の中枢がそれでやられてしまいました。その途端にオーボエの持ち方もわからなくなったという非常に極端なケースでした。

「修行」「道」「型」

皆さんは言葉の世界に住んでいますよ、と私はいいました。では言葉の世界以外にもう一つ何があるか。女性はもうよくおわかりでしょう。私たちは、自分自身が人にどう見えるかということを絶《た》えず考えています。すなわち、いま私が絵画、音楽、言語といったのは、大脳皮質がつくってくる意識的な表現ですが、それ以外にわれわれはもう一つ表現を持っていて、それが「身体」なのです。

ところが、身体というやつは非常にたちが悪いもので、思ったようになりません。なぜならば、最初に述べたように、身体の基本を決めてくるのはゲノムです。皆さんがどんな背丈でどんな顔かたちをして、どんな体形をしているかを決めているのは、脳ではなくて遺伝子だからです。脳はそれに対してさまざまに手を加えて、自分の思う方向に引っぱろうとします。

身体は自然ですが、脳は人工です。人間がものをつくるというのは脳つまり意識がやっていることです。都市もそうです。都市は人工だし、屋久島《やくしま》や白神山地《しらかみさんち》は自然です。皆さんのからだはどちらかというと自然ですが、皆さんの心、脳、意識は人工です。そうすると、脳は、この自然である身体を人工のほうへ寄せようとします。こっちへ引っぱります。

いちばん極端な人は、とことん人工の世界まで持ってこなければ気がすまないといって、美容整形をします。思ったようにしないと気がすまない。それができないといって、ぐちゃぐちゃになってしまう人がいる。自分のからだ自体が気に入らないというので、抹殺《まっさつ》しようという気持ちが起こってくる。拒食《きょしょく》になってきます。

自然というのは、ある意味では非常に安定したものですから、ほんとうは自然に任《まか》せておけばいいんです。しかし、完全に自然に任せておくと、とても人間には見えなくなってしまいます。皆さんもあるお年になれば毎日やるでしょう。人間のほうに引っぱるという努力のことです。お化粧をする。鏡を見て一時間も二時間も、自然を人間にする努力をしています。

それではその結果どうなるか。先行きは見えません。見えないのだけれども、どこか適当なところで納まるだろうと思っています。これを手入れといいます。手入れというのはこういう観念だと思います。警察の手入れというのとは全然違う。

身体というものを人工のほうに寄せていくこと、これは別の見方をしますと「表現」になります。つまり皆さんを人が見たときにどう思うかということです。

身体の表現というものが、日本の文化でどのように扱われてきたかを考えますと、先ほど視覚と聴覚といいましたが、身体の表現と脳の表現というのは、やはり同じ一つの文化の中でお互いに支えあっていることにだんだん気づいていきます。

日本では、身体表現をどういうふうに文化の中に入れていたか。身体を表現する努力を古くは「修行《しゅぎょう》」といい、その具体的な方法を「道」といい、それが表現として完成したものを「型」といいました。

茶道や華道はいまだに延々と続いています。うちの娘は、お茶を「ああ、あの苦《にが》くてしびれるもの」といっていますが、茶道というのはじっとしているものではない。基本的には動いているわけで、あれは身体の所作《しょさ》です。運動です。身体表現です。それが表現だということがわからなくなっているのが現代です。

表現ですから、何かを伝えようとしているわけです。何を伝えているのか。ちょっと考えていただきたいのですが、たとえば相撲《すもう》がそうです。何のためにあんな仕切りをやっているのか。だいたい褌《ふんどし》一丁で前に下がりをつけて、やたら太った人が出てきて丸を描いた中でぶつかりあって何がおもしろいのか。

あれはパリに持っていってもお客さんはいっぱい来ます。それがまさしく身体表現だからなのです。見事に完成された表現の一つだからです。だから、「相撲道」、「道」といいます。

そこまで持っていくには、当然のこととして修行が必要です。大関、横綱などが、若いわりには一応どこに出しても通るような感じがするのは、彼らの存在がちょうどテレビタレントの言葉の表現と同じように、見事な身体の表現になっているからです。そこに気づいていただけたらと思います。

われわれの文化が、明治維新以降何をしてきたかというと、近代化と称して意識的表現、すなわち言葉、芸術、絵画、音楽といったようなもので、身体の表現を置き換えようとしてきた。その努力の連続でした。現在では、それが来るところまで来て、身のまわりのほとんどが言葉の世界になっています。

アボリジニーの場合

東大の医学部にいた頃に、解剖の標本室でビートたけしさんと対談をしたことがあります。東大の標本室というところはだいたい死んだ人がいっぱい置いてあるところです。人間の手とか足とか顔とかそういうものがごろごろしているところです。彼がしばらく話をしたあとで、最後に帰るときにひとことといった。それが非常に印象的でした。

よもやま話の中で「所詮《しょせん》、私は言葉の世界の人間ですから」と彼は自分を規定して帰っていきました。私は何もこんな話をしたわけではない。勝手に向こうがいったことです。それが非常に印象的でした。あのくらいの人になると自分がどういう世界に住んでいるかをちゃんと把握しています。

文化というのは言葉、絵画、音楽、すなわち意識的表現の世界だけではありません。じつは身体の表現が半分を占《し》めていた。「男は黙ってサッポロビール」と先ほどいいましたが、それを支えていたのは同時に身体の表現であったわけです。

もう一つ、別の機会にこのことを思ったことがあります。私はオーストラリアに留学していたことがあって、オーストラリアにはまあ土地勘《とちかん》があります。あるとき、ケアンズに寄りました。ケアンズは暑いところで、アボリジニーがたくさんいます。先住民族です。

私はたまたま公園に近いところの二階のテラスでお茶を飲んでいました。その公園に大きな木が生《は》えていて、下が芝生になっていました。アボリジニーのおばさんが二人やってきて、よもやま話らしきものを始めました。まず芝生の上に二人で座りこんだ。座りこんでおしゃべりをしていた。腰をおろして後ろに手をついて。皆さんもやる姿勢です。ところが、その手が動いている。それが非常に優雅な動きでした。その手が動いて何をしたか。

まわりに木が生えているから、大きな木の葉が落ちています。それを拾いました。一枚それを拾って、ある場所に置いて、その上に片手をつきました。そして反対側の手でもう一度同じように探して、また葉っぱを見つけて適当な位置に置き、その上に手をつきました。私は気がつきました。アボリジニーは裸の地面に手をつかないというルールを持っている。しかも、その葉っぱを探っているときの手つき、からだつきを見ながら私は茶道を思い出していました。

どのような文化も、ああいった身体表現を持っています。それはある意味で無意識化されています。それによって何かが伝わっているはずですが、それは意識の表現ではありませんから、よくわからない。そして本来しゃべることではないと思います。

身体表現を取りもどす

身体の所作のような無意識を、意識で説明するのはほとんど矛盾《むじゅん》なのです。そもそも説明できないから無意識なのであって、そんなことを説明してもしようがない。日本の芸事を習われている方はよくおわかりのはずですが、そこではどういう教育をするか。

私の同僚というかちょっと先輩なのですが、多田富雄《ただとみお》さんという免疫《めんえき》の大先生がおり、能をやっています。能もつくっているし、鼓《つづみ》を打つ。それで、鼓を習いにいった話をときどきしてくれました。師匠《ししょう》のところに行って鼓を手にして打つわけです。すると師匠は何というか。しばらく聞いていて、ダメというのです。

それでひと月ならひと月たってまた行く。練習してから行く。それでまた打っていると、ダメといわれる。一年ぐらいダメといわれる。ところが、ある日突然「よし」といわれる。本人はなんでいいのかわからない。でも、それでしばらくやっていると、今度はなぜ「よし」といわれたかがわかってくる。そういうものです。

そのへんの機微《きび》が知りたければ、いちばんいい解説本があります。岩波文庫で、ものすごく薄い『日本の弓術』という本がそれです。著者はオイゲン・ヘリゲルというドイツ人で、大正時代に東北大学にいた若い哲学の先生です。彼は当時東北で有名だった弓の名人・阿波研造《あわけんぞう》に弟子入りして、弓を習います。そのときの習った経緯を本に書きました。そこには、自分の考え方、そして、それが弓を習うことでしだいに訂正されていく過程が見事に書かれています。

原文はドイツ人のために書かれたものでドイツ語でしたから、それを日本語に翻訳したものです。皆さんはおそらく日本の禅と文化に対しては、名人に入門したドイツ人のオイゲン・ヘリゲルとほぼ同じ感覚を持っているのではないかと思います。ですから、あれを読むのがいちばんいい解説になるのではないかと思います。

戦後、われわれはとくにそういった身体表現、無意識的表現を強く消してきました。しかし、普遍的な身体の表現は、完成すれば必ずどこにでも通じるはずのものなのです。二本差しでちょんまげを結《ゆ》って咸臨丸《かんりんまる》から降りた人たちがサンフランシスコを歩いたときに、アメリカ人は誰も笑わなかったと思います。それが型です。

戦後、テレビ放送の開始とともにコマーシャルが始まりましたが、私はよく覚えています。その頃使われていたモデルは、八割くらいが外国人でした。それで、日本ではなぜ外国人のモデルばかり使うんだと、日本人だけでなく、外国人からも指摘されました。その答えとしては、日本人はスタイルが悪いからだというのが決まり文句でしたが、それは違うということはもうおわかりだろうと思います。

電車の中で若い人、とくに男の子が、でんと座って足を投げだして、行儀《ぎょうぎ》が悪いといわれた時期があります。私は、行儀が悪いせいではないだろうとは思っていました。

いま思えば何でもないことです。彼らはからだがすんなり大きく育ったにもかかわらず、表現としての身体を与えられていないというだけのことなのです。すなわち自分のからだを持て余していたというだけのことです。

意識的表現に比べて、こういった無意識的表現というのは、非常に身につきにくいものです。それを本来担《にな》っていくのが日常の生活です。われわれは畳《たたみ》の上の生活から急速に椅子とか床の洋風の生活に変化させてきました。日常の行住坐臥《ぎょうじゅうざが》の所作からできあがってくるような、そういった身体表現としての文化を、もう一度つくり直さなければならない段階におそらく来ています。

日本の首相がサミットに行くと、必ず新聞が書きます。やはりみっともない、と。確かにどこかみっともない。それは精神がどうとかと日本ではついいわれがちですが、私はまったく違うと思います。そうではなくて、非常に簡単な身体の取り扱いだと思います。それは意識では必ずしもできない。なぜなら、それは先ほどからいっているように、無意識的な表現だからです。

いま身体が欠けている

死体をどう扱うか

「身体と表現」について考えてみます。医療関係の方は、人間の身体が表現であるという考えはあまりとらないでしょう。表現としての身体といえば、ダンスとか演劇関係の方、俳優さんにはピンとくるのではないか。じつはそのことが一つの主題です。

私は長いこと解剖をやってきました。その仕事をしながら、だんだんに身体とは何かを考えるようになりました。解剖をしていくと身体が変形してきます。これは自然に変わってくるわけではない。私が解剖するから相手が変わってくるわけです。

遺族の方から、遺体の解剖の様子を見せてくれといわれることがありますが、私は途中からはお見せしなかった。解剖を実際にやっている本人には、相手の姿が変わっていく理由は、よくわかっている。自分で毎日毎日やっているわけですから。遺族の方が、その途中からいきなり見せられると、変わり果てたという感じを受ける。だから、ご覧になるならはじめからどうぞ、と申しあげていました。

身体についてのある受けとめ方が、そこに非常にはっきり出ています。一般の社会的な関係の中では、身体はその人がその人であるところのものなのです。当人が当人である、そういうものをあらわしていると捉えているのです。

ときどき「養老先生ですか」といって寄ってくる若い人がいる。「はい」と答えると、「握手してください」という。これもやはりその当人が当人であるという、その身体性を確認しているわけです。この人幽霊《ゆうれい》ではないなという確認、そういうことなのかなと、私は握手をしながら思ってきました。

解剖を進めていくと、身体がだんだん変わってきますが、じつは人間の身体は、亡くなって放っておいても、同じように変わっていきます。どんどん姿形《すがたかたち》が変化していく。それが嫌《いや》なものだから、どこの文化でも人が死ぬと埋葬《まいそう》する。

ただその埋葬の方法が、場所によってまったく違います。ニューギニアあたりに行くと、木を組んで、その上に亡くなった方をのせておく。あっという間に、虫が来てきれいに骨にしてしまう。その骨を持って帰る。沖縄や中国の南のほうでは、亡くなると地面に埋める。一年たつと、その頃にはきれいに骨になっている。掘りだして、そのお骨を洗って大きな瓶《かめ》に納めて埋葬する。

埋葬のしかたは、そのようにさまざまありますが、日本では、ある時代から火葬が始まりました。その意味は、亡くなった方が移り変わっていく姿を見ないようにするということだと思います。それが普及して、現在では誰でも亡くなると火葬にします。私は、これを「大急ぎで火葬場に持っていって焼いてしまう」といっていますが、これが当たり前だと思って暮らしている。すると、面倒なことも起こるわけです。

二十年ほど前のことでしたが、イランの方が日本で亡くなり、うっかり火葬してしまった。これが外交問題になった。イランの人は火葬を非常に嫌うのです。ヨーロッパ人は一般に火葬は残酷《ざんこく》だという考えを持っています。だから、亡くなってもそのままの形でお棺《かん》に入れて、地下へ埋める。

アメリカでは「エンバーミング」ということをします。亡くなった方にお化粧して、修理をして、あたかも生きているような形に修正する。このエンバーミングが、葬儀屋さんの重要な仕事です。

死体というものは、一つの典型的な身体なのです。そこにわれわれがどういうふうな扱いを施《ほどこ》しているのか。このことから、身体とは何かを考えていくことができます。

生きている人と死んでいる人の境目

そうはいっても、ほとんどの方は、おそらく亡くなったあとは何かが違うだろうとお考えになると思います。日本では、亡くなったら最後、何か違うものになるという考えが非常に強い。そのために、死者と生者の間には深い溝《みぞ》がある。しかしながらこの溝は、火葬と同じようなある種の文化的な習慣にすぎません。日本人がつくったかららある溝なのです。

なぜか知りませんが、われわれの文化には、そういうものを非常にきれいに切る習慣があります。日本語でよく「けじめ」といいますが、そんなふうにキチッと切る。生きている人と死んでいる人は違うものだよということは、一つの常識となっています。

しかし、そういうふうな切り方ではうまくいかないことがあります。脳死問題が浮上してきたのもその一つです。脳死の人を死んだ人とみなすかみなさないか、という議論を読んでみると、皆さんおもしろいことをいっています。

脳死の方を見て、とても死体とは思えなかったという方もある。死体とはこういうものだと、非常にはっきりとした観念をお持ちだということがよくわかる。しかしその観念がほんとうに確かなものなのかと考えると、問題はそう簡単ではないことがすぐわかってきます。

腎臓《じんぞう》は、死後移植が可能です。三兆候（(1)自発呼吸停止。(2)瞳孔《どうこう》の散大。(3)心臓停止）があらわれて「ご臨終《りんじゅう》です」と医者がいっても、それから一時間以内に腎臓を取りだせば移植が可能です。皮膚だったら、次の日でもたぶん大丈夫だと思います。なぜそんなことが私にわかるかと思われるでしょうが、私は自分の皮膚を剝いで実験に使っていましたから、よくわかっているのです。

自分の皮膚だから、実験に使ったあとで残りが出ると、なんとなくもったいない。どうしようかなあと思って、残ったやつをシャーレに入れて栄養液を垂《た》らして冷蔵庫に入れておく。それが次の日でもちゃんと実験に使える。そんなことをしているものだから、皮膚が一日くらいで死ぬものではないことがよくわかっています。

こんなふうに、生きている人と、死んでいる人の境目《さかいめ》はそれほど確かなものではないのに、われわれは、非常にきれいに生きている人と死んでいる人を頭の中で切り離しています。

われわれの文化では、亡くなった方を訪問して帰ってきたら塩をまくのが、ごく当たり前の常識だと考えられています。しかし、これは典型的な死者に対する差別です。生きている人と死んでいる人は別だと思っているから、名前も変える。死んだら仏《ほとけ》になってしまう。人間、死んだらものになるという人もいます。しかし、人間はものだと思えばものです。はじめからものなら、死んでもものなのは当たり前であって、生きている、死んでいるということと、ものかものではないかということとは関係がないのです。

違う姿をした人間

表現としての身体、身体と表現ということを考えるにあたって、普段目にするのとちょっと違う人間の姿を二つ思い描いてください。

まず第一番目は、昔はシャム双生児といっていましたが、いまは結合児といっている子どもです。以前、ＮＨＫのＢＳ放送で、ヨーロッパでいま生きているこういう子どもたちを取材した番組を流していました。私はそれを見てほんとうにびっくりしました。

おわかりだと思いますが、日本ではこういう子どもは隠すことになっています。そもそも生まれたことにならない。多くの場合、「ない」ことになっているのです。問題は、なぜこういう子どもが「ない」ことになるかということです。

次が単眼症で、実際にはこういう子どもも生まれてきます。これも日本では「ない」ことになっている。これが江戸時代であれば、一つ眼小僧になるわけです。

こういう姿をご覧になって、何をお考えになるかを、私はよく伺《うかが》います。ああいうものを見たときに、自分が感じる感情ないしはさまざまな思いを、すべて言葉にできるか、つまり意識化できるかということが、まず大事ではないか。さらにいうと、われわれが何かを感じることは間違いないのであって、したがってあの子どもたちが自分自身では何も意識はないにしても、あの身体そのものが表現であることは疑いがないだろうということです。

ああいう表現が日本の社会にないということは、率直にいえば、あの種の表現は日本では禁止されているのです。私はただ事実として述べているのですが、ああいう子どもが生まれるのは生まれるのですが、それが世の中に出ない。そのわけを考えると、世の中の表現としては、あの種の表現は禁止されていると思わざるを得ない。そう考えた瞬間に非常によく理解できるのは、一九九六年の三月三一日まで「らい予防法」が生きていたということです。

特定の疾患《しっかん》の人たちが社会に出てはいけないという法律がなぜいままで生きてきたか。これはほとんど誰も議論しないが、非常に不思議なことです。しかしその理由は、考えてみれば歴然としています。この病気は身体が変形する病気です。このことからも、身体の変形を日本人がいかに嫌うかということがよくわかります。

なぜそれを嫌うか。ある種の表現はこの社会では許容されないのです。そう考えるとわかってくるのですが、そういう社会をつくっている皆さんに、これをあまりいうと嫌われる。ともかく、それぞれの方が、「こんなもの人前に出すものじゃない」という感覚をどこかで持っているわけです。私が差別といわず、「表現としての身体」あるいは「身体と表現」と述べてきたのは、まずそういうことなのです。

医者は顔を見ない

それでは現在、私どもは身体をどう考えているのか。それが問題です。ここで、ごく当たり前の血液検査の結果表を思いだしてください。これは一体何か。

私はストレスが多いものだから胃が悪い。「胃が悪い、胃が悪い」といっていると、女房が聞いているのが嫌になるらしく、「そんなに悪いのなら病院に行きなさい」とこういう。「私も一緒に行ってあげるから行きましょう」と病院に連れていかれてしまう。

一緒に東大病院に行って、顔見知りの医者に診《み》てもらう。「胃が悪いそうですね」「そうです」。これだけのやりとりが終わると、あとは医者は何もしないでただ紙をくれる。見たらなんのことはない、病院内の地図です。

最初の紙に従って行くと、トイレ。おしっこをとられる。次の紙を見ると、今度は血液検査。三人くらい看護師さんがおられて血液をとる。その次のところへ行くと今度はレントゲン。それから次のところへ行くと今度は胃カメラ。胃が悪いと余計なことをいったものだから、薬を飲まされたり、注射をされたりしてゲエゲエいいながらカメラを飲む。

全部やると、だいぶ時間がかかります。検査がすっかり終わったときには、もう午後になってしまっていて、女房と二人で顔を見合わせ、「丈夫でないと病院なんか来られないな」。やれやれと医者のところへもどる。医者は何というかというと、何もいわない。「一週間たったら検査の結果が出るからまた来てください」。これでおしまい。

一週間たって医者のところに行くと、私の顔をちらっと見て誰だか確認したかと思うと、あとは検査の結果表を見ている。私の身体ではなく紙を見てるのです。私は愕《がく》然《ぜん》として悟ったわけです。ああこの紙が俺の身体なのだなあと。

つまり現在の医学の中の身体は、検査表なのです。あるいはＣＴだとか、ＭＲＩの画像です。ＣＴとかＭＲＩというのは絵で出てくるから、自分の身体そのものと思っている人があります。しかしそれは嘘で、あれはじつは数字です。コンピュータがその数字を画像に換えているのです。

これがすなわち一般化され普遍化された身体というものです。先ほど身体というのはその人がその人であるところのものといいましたが、これはその人がその人であるところのものではない。誰でも同じ基準の上に立って測ったものなのです。

だから検査結果は、右側が数字になっています。数字になっているから、これはお金と同じ。典型的に普遍的なものです。私は、これを「透明な身体」とも呼んでいます。

透明だということは、きちっと数値化されることで、数値化には論理があります。でたらめに調べて数字にしているのではなく、「これは何ですよ」という理屈がわかって、その中で数値としてあらわしている。それでこういった数値を集めて、正常値とか異常値とかいうわけですが、ではその根拠はどこにあるか。

身体は人並み、頭は人並みはずれ

次に、正規分布のグラフを思いだしてください。理屈が全部わかっている話であれば別ですが、だいたい人間の身体なんていうのはわからないものです。そこでどうするかというと、この正規分布のグラフでいくわけです。人間の身体を数字にすると、だいたいこうなる。縦が人数で、横がその数値。

血圧を例にあげると、いちばん人数が多いところは、最高血圧でいえば約一二〇。このあたりの人がいちばん人数が多い。そして高いほうを見ると、一四〇となればぐっと人数が減ってくる。逆に低いほうにいくと、最高血圧が一〇〇より低い人は非常に減ってきてしまう。

グラフにあらわれた面積が、じつは人数になるので、九五パーセントなり九九パーセントなりの人が入る範囲を正常値と決める。これは統計的な数字です。そして「ここから外に出たら高血圧ですよ」「こっちへ行ったら低血圧ですよ」と、こういえばいいということになった。

もう一つ例をあげると、入学試験がこれと同じ。国公立大学では大学入学共通テストというものをやります。大勢の人が受けて、その試験の結果が正規分布になる。ならない場合もある。しかし共通テストの結果が正規分布にならなかったら、今年の入試問題は悪かった、来年はぜひ正規分布になるようにしようと修正していくから、必ず正規分布になる。ここでその入試の結果をお考えください。

私は長年東大の医学部に勤めてきましたが、東大の医学部に入れるような人は入試の成績がとても高い。そこで、共通テストの成績を、血圧にぜひ換算してみてください。そうすると、東大医学部の学生は、血圧三〇〇くらいになってきます。

そういう学生が医者になって、患者さんの血圧が一八〇だから、あなたは高血圧だという。患者さんは、私が一八〇で高血圧なら、先生が医者になっているのはもっとおかしいと、こういわなければならない。

身体の見方で、論理が見つからないときには、しようがないから統計的に把握して、いちばん人数の多いほうに寄れと、こういうわけなのです。身体については血糖値《けっとうち》だろうが何だろうが、要するに同じこと。普通に寄りなさいということなのです。

一方の入学試験は、脳の機能検査と思えばいいわけですが、そういう機能検査ではできるだけ異常値を出しなさいといっているわけです。お子さんをお持ちの方は、そこをよくお考えいただかないと、子どもが本当に混乱してしまいます。身体についていは人並み、頭については人並みはずれろ。これは無理な話です。なぜかといえば頭も身の内だからです。

しかし、普通はそう考えません。なぜ頭も身の内と考えないのか。その理由は、じつは私どもの社会は脳が化《ば》けた社会だからです。ほとんど脳の機能だけが優先しているから、そういう社会ではできるだけ「血圧」は高いほうがいいわけです。しかし身体については「まん中に寄れ」という。それが現代社会のいってみれば歪《ゆが》みです。われわれは頭がある程度以上まわらないとやっていけない社会を、じつはもうすでにつくってしまっているわけです。

そこではボケ問題とか、精神科の患者さんの問題が深刻になってきます。こういう社会を私は脳化社会、脳が化けた社会といっています。それをもう少しわかりやすくいい換えると、都市ということになります。都市とは本来そういうものです。だから昔から「生き馬の目を抜く」といったのであって、頭がまわらないと町では生きていけない。そこで血圧はともかく入試の成績だけは人並みはずれろと、こういうふうにいわざるを得なくなる。これは社会の問題なのです。

臓器移植をめぐって

現在の医学ないし保健学で把握されている身体は、一般的な、普遍的な、透明な、論理的な、コンピュータの中にモデルとして入れることができる身体です。コンピュータは論理的機械だから、コンピュータの中にモデルとして入れることができるとは、論理的に解明されているということです。

たとえば心臓であればどう考えるかというと、これはポンプです。全身にある圧力で血液を運ぶポンプであって、単位時間当たりの拍出量《はくしゆつりよう》がいくらであるか、それを論理的に把握できるという前提に立っています。

だから、心臓の機能が完全に把握されて、その論理がわかった段階では、人工心臓に置き換えることができることになります。東大でヤギに人工心臓をつけて研究をやっていますが、現に一年以上も悠々と生きている。そういった身体の究極《きゅうきょく》の姿を考えて、それを私は人工身体と呼んでいるわけです。

意識がつくりだしたものが人工物だから、身体もその意識の中に納めてしまう。そうすると、先ほど述べた数値化され、一般化され、透明化された身体になります。こういう身体が前提になっているのが現在の医療制度なのです。

健康保険制度は、同じようにこれが前提になっています。どなたの身体も一律同じで、ある基準があって、それを満たせば糖尿病です。その糖尿病の治療をするときにも、治療は制度の中ではっきり決まってしまいます。それ以外のことは医者はしません。してもいいのですが、すると基金がお金を払ってくれないので、持ちだしになってしまいます。

健康保険の論理のようなものを考えてみれば、ただちにわかってくることがあります。臓器移植が、医者の側でなぜ問題なく感じられているか。そのわけがどこから来るのか。

それぞれの人が持つ、独自の、かけがえのない、その人だけの性質はできるだけ無視する。無視しなければ保険制度なんか成り立ちません。「ひとりひとり別だよ」といったら計算なんてできません。だから当然のことに、現在の医療制度で考えられている身体は、ある意味で平等な身体です。そういう平等な人工身体を扱っていれば、こっちの心臓とあっちの心臓は交換可能だという考え方になるのもまた当然のことです。

だから、私は、移植医の人たちは、現代日本の医療制度の根本的な考え方にもっとも忠実な人たちだと考えています。それに対してまわりの人、つまり医師でない人が臓器移植がどうとかこうとか文句をいっても聞いてくれないのは当たり前で、もしそういうふうな考え方をとらなければ、現在の医療制度の中で医師は生きのびていかれないのです。

人生は取り返しがつかない決断の連続

一方、これとはまったく違う身体があります。それは自然の身体です。普通の人が身体というのは、こちらのほうだと私は思っています。なぜ自然の身体と名づけるか。自然物はおもしろいことに同じものがないのです。

山に木が生えています。その木を切り倒してマンションでもつくろうとすると、「かけがえのない自然を守ろう」という人が出てきます。かけがえのないとはどういう意味か。それが一つしかないということ。われわれの身体もやはり一つしかない。これと同じものは二つとありませんから、その面を強調してみれば自然の身体で、これにつくのが「かけがえのない」という枕詞《まくらことば》となる。当然なことですが、かけがえのないとは、一回限りということです。

なぜ一回限りになってしまうか。そのいちばん大きな理由は歴史性を持っているからです。どこで生まれてどういう親を持って、子どもの頃からずっと生きてきた過去があり、これは取り返しがつきません。

結婚を考えたらわかりますが、いったん結婚してしまうと独身でいるわけにはいかない。独身を通すと結婚するわけにはいかない。では結婚して別れれば独身になれるかというと、そうはいかないのであって、結婚して別れたという別な状態になります。

そういうふうに考えると、人生は取り返しがつかない決断の連続として見えてきます。それは一回限りだから、先ほどの人工身体とまったく別に、私どもはそれぞれかけがえのない、一回限りの歴史性の上に立った身体を持っていることがわかってきます。

こういう身体が非常にはっきりと浮上してくる場面があります。癌《がん》の末期がそうです。あと三カ月しか生きられないということがほとんど確定してしまった段階で、その人がどう生きるかを考える。そこにはどんな答えがあるのか。

末期医療の場合、その方がいままでどのように生きてきたかという人生の上に、残りの人生を設計する以外あり得ない。それしかないとわかってきます。人生は人によって違うから、誰にでもあてはまるような答えはありません。一般的な普遍的な回答なんかあるわけはないし、先ほどの数字になるような回答はありません。そういう自然の身体に対して行う行為が、じつは現在いわれる「ケア」であると私は定義しています。

それに対して人工身体、一般的な透明な普遍的な身体に対して行う行為を「治療」すなわち「キュア」という。アメリカでは「キュア」と「ケア」が対立して使われますが、それはやっていることが違うためではありません。根本的な違いは、身体の見方にあるのです。

大きく分ければ、現在の医療界の中に、二つの身体がすでに並列して存在しています。一つは自然の身体、もう一つは人工身体。これがいちばん基本的な身体の分類です。

この二つは非常に見方が違うので、それぞれの意見を持った人が自分の主張を始めると、ケンカになって結論が出ません。実際にそれが起こっているのが、脳死後臓器移植の問題であろうと私は思っています。考えてみると、現代社会で起こっている多くの身体の問題は、じつはこの二つの対立に基《もと》づいています。

そうすると、「どちらが正しいのか」という質問が、皆さんから出されます。二つあげると、必ず「どっちが正しいか」とこういう。しかし世の中はそう単純なものではありません。両方存在しているということは、片方が間違っているのではなく、じつは両方がほんとうのことを言っているのです。一般的な普遍的な身体が当然存在しなければいけないし、現に存在しているわけですが、それと同時に自然の身体も存在しているわけなのです。

自然の身体と人工身体の両方があります。私はそう言いましたが、両者の力関係は変化します。現代では人工身体が強い。日本社会がとくに強く都市化したのがその理由です。都市とは人間が意識によってつくりだしたものであると定義できます。意識的につくられたものだから、そこでは自然そのものは置かないという強い原則があります。都市の中には自然はいっさい置かない。だから自然身体は居場所がなくなり、人工身体が強くなるというわけです。

裸禁止の内幕

そういう社会では、人が身体をどう見るか。それには、非常にはっきりとした特徴があります。まず第一に、都市化すると服を着る。私は戦前生まれですから、ある程度は覚えていますが、戦前から戦中戦後すぐにかけては、裸で働いている人はまだずいぶんいました。しかし、都市化にともなって徹底的に服装が規制されてきます。基本的に、人工空間では人間の自然の身体は出すなという約束事が成立します。

女性の方はよくおわかりだと思いますが、服を着て、その服を取り替えることによって、じつはありのままの身体というものの取り替えができるんだというふうに、お互いに納得させている。

でも実際は交換はできない。想像していただくと非常に困るのですが、私が裸になってみたとして、その身体の格好というのは、私のせいではない。私はいっさい責任がない。まあ、いっさいとはいわない。腹が出ているのは食い過ぎだ。しかし中年になると、ある程度しようがない、しかたがない。

しかたがないものをなぜ出してはいけないのか。そこを考えると、これは非常に不思議です。本人のせいではないのだから、出てもしようがないではないか。しかしこれは絶対に禁止されている。すなわちそれが表現としての身体であって、自然としての身体は、都市化すると、その空間の中では表現が禁止されるのです。

その代わりに、非常にたくさんの約束事をつくります。まず出していいところは顔と手。女性の方はその出していい顔と手を今度は徹底的にいじります。そして色をつける。全体を白く塗り、口紅で口をたいていは赤く塗って、目の周囲を青くする。赤、白、青というこの三色の取りあわせはマンドリルの雄《おす》の色で、霊長類《れいちょうるい》にはもっとも影響の強い色合いなのです。

サルであれば、生まれつきそういう色になってしまうのですが、それを人間がやる場合は、意識がやっているわけだから、これは禁止されない。頭の毛をのばすと女房に怒られて必ず「床屋に行きなさい」といわれる。髭《ひげ》を剃《そ》るのも同じ。そういうふうに、見えているところは徹底的に手入れをする。なぜそういうことをしなければいけないかというと、それによって「自然のままではありませんよ」ということをはっきりと示しているのです。つまり自然のままの身体はいけないということが、これらの根底にあることがわかります。

さらに、それにかかわってさまざまな問題が規制されてくることがわかってきます。都市社会で非常に強く規制されるのは性と暴力です。

歴史の例でいうと、江戸では「吉原」ができて、そこにある種の性の問題が徹底的に集中されます。「吉原」には囲いがあって門があって、中にいる人が自由に出られなかったのはご存じと思います。これを多くの方は封建制《ほうけんせい》という制度の問題としておっしゃいますが、基本的にはこれは性の規制です。もうおわかりでしょうが、性の規制が非常にきつい。

性とともに、自然の身体を明らかにあらわしてしまうのが暴力です。これも江戸時代では徹底的に禁止されています。多くの方が、江戸は切り捨て御免《ごめん》だから侍《さむらい》は暴力的でよかったんだ、と思っておられるようですが、それはたぶん間違いです。

たとえば江戸城の中に入れば、まず刀は預《あず》ける。脇差《わきざ》しを差すことだけは許されますが、城内には非常に重要な規則がある。抜いてはいけないということです。殿中《でんちゅう》松の廊下で脇差しを抜いたのが浅野内匠頭《あさのたくみのかみ》ですが、抜けば切腹。人を切るために差しているはずの刀を抜いたら切腹です。これが江戸時代だから、いかに暴力の規制が強かったかということがわかるのです。なにも平和主義になったのは戦後からではありません。これは都市が持っている論理なのです。

ヨーロッパでもこの都市の持つ論理はよく知られています。そういう都市における暴力の規制を、ヨーロッパでは「都市の平和」という特別な用語をつくって呼んでいます。それを徹底的に実行したのが、たとえばチェコのプラハです。プラハに行ってみると、一三世紀頃からの建物がほとんど全部残っています。戦乱にあっていないからです。戦争が起こると、プラハは必ず無防備中立都市を宣言します。都市というものは、平和でなければ保たれないのです。

首から上の原理、下の原理

脳化社会、都市化ということでここまで説明してきたわけですが、しかしそれだけではどうしても解《と》けない問題があることに気がついてきました。それは何かというと、表現としての身体という最初からの問題です。

自然の身体が禁止されるのは、都市化だから当然です。しかしずっと禁止だけなのか。たとえば江戸という社会を考えてみると、どうも違うということがわかります。その違う部分は何か。それが首から上と首から下の問題です。

じつは身体は脳の中に各部分が割りつけられている。ところが、その割りつけは、首のところで切れています。なぜ首から上と首から下が、脳の中の割りつけで切れているのか。チンパンジーは切れていますが、ネズミでは切れていません。

脳の中でどういう格好をしていようが、そんなこと関係ないじゃないか、とお考えになる方もいるだろうから、その方のためにひとことつけ加えておきます。文献を調べると、コウモリは先ほどの身体の脳の中の割りつけが引っくり返っています。逆になっている。

ご存じのようにコウモリは一生の八割を逆立《さかだ》ちして暮らす動物です。脳が逆立ちしたからコウモリが逆立ちするようになったか、コウモリが逆立ちするようになったから脳が引っくり返ったかはわかりませんが、ともかくそういうふうな意味があるはずだということがわかります。

知覚系には、首から上と、首から下を切り離す大きな動機はないと思われます。やっぱり重要な動機は、首から上の運動と首から下の運動です。首から下の運動は身体が移動する運動、専門的にいえばロコモーションですが、首から上の運動はものを食う運動、それに加えてあとは表情、おしゃべりです。

つまり言語運動、咀嚼《そしゃく》運動が首から上の運動で、首から下の運動は移動運動といえます。この二つは原理が違うなあということになんとなく気がついてきます。そう思ったときにはじめてピンとくるのは、昔からいわれている「文武両道《ぶんぶりょうどう》」です。

文武両道とは何かというと、首から上が文、武は首から下です。首から上と首から下、両者を完成しないと侍としてペケだということです。では一体何を完成するのか。そこで表現という言葉が改めて出てきます。日本の伝統文化を考えると、ものの見事にこれに言及《げんきゅう》している言葉があります。すなわち「道」です。

修行を具体的にやろうとすると、それぞれの具体的な専門分野は道といわれます。武道とか茶道とか華道とか、柔道とか、とにかく「道」になってしまう。道が完成したらどうなるかというと、これが「型」です。

型という言葉はいまの言葉でも流用されていますが、ろくでもない意味に使われています。型通りとかなんとかというふうに使われていますが、ことの本来の意味は身体の所作です。身のこなしです。茶道でもそうですが、あれは別にお茶を入れて飲んでいるのではなくて、身体の所作が全体として問題になっている。そして、それが完成したときにお茶の型になる。これこそまさしく身体表現であるということがわかります。

「以身伝心」のほうがいい

そういった身体の表現が意識的な表現かというと、そうではない。言葉は意識的な表現です。音楽も美術も、無意識の効果が生じるにしても、つくるほうは一生懸命につくっています。しかし身体の表現は基本的に無意識であって、なかなか理屈になりません。理屈にならないものをどう教えるのか。そのへんから、日本の芸事の教え方がはじめてわかってきます。

日本の芸事は、師匠のやる通りにやれといわれます。しようがないから見よう見まねでやると、なかなか「ウン」といってくれない。「ダメダメ」です。そのうち「よし」という。そういわれたら合格ですが、いわれたほうはなんでいいのかちっともわからない。しかし、長年やっていればだんだんわかってきます。これがまさしく型の典型であって、無意識の表現だから、理屈で説明するわけにはいかないわけです。

無意識の表現というのがもし存在するとすれば、それは真似《まね》してもらうしかない。とりあえず真似していって、やがてそれが完成した段階で型が身につく。これが本来の型の意味であろうと思います。

これは身体表現ですから、じつは普遍的な表現に変わります。つまり誰でもわかります。誰でもわかるのだけれども、理屈になるかというと、ならないわけです。そのために、そういうふうな表現によって通じていったことを、私どもの文化では「以心《いしん》伝心《でんしん》」とこういったのです。これは、じつは「以身伝心」と書いたほうがいいのではないか。身を以《も》って心を伝えると書いたほうが正確だったのではないかという気がします。

明治以降のわれわれの文化を考えたらよくわかるのですが、徹底的にこれを潰《つぶ》した。封建的と称して潰してきた結果、何が起こったかというと、身体で伝えることがわれわれはたいへん苦手になってしまいました。

かつて勝海舟《かつかいしゅう》と西郷隆盛《さいごうたかもり》が江戸城を明け渡すという交渉をしたわけですが、あの二人がしゃべっているのをちょっと想像してみてください。実際に時代劇の映画をつくったらどうなるか。いまでは現代語をしゃべらせると思いますが、もし当時の言葉でやったらめちゃくちゃだと思います。

西郷さんは鹿児島弁で、勝海舟は江戸弁。二人だけで話して通じるわけがない。通訳の人がいる。ところが実際はどうだったか。あれだけの重要な問題を顔を見ればそれですむというのは、すなわち型、身体の表現がそこにあったのです。

これを一般化していくと、文化は無意識的表現と意識的表現の二つによって支えられているのではないか、ということになります。私は、すべての文化がたぶん同じだろうと思います。

そして明治以降、とくに戦後何が起こってきたかというと、身体の表現、無意識的表現がどんどん縮小して、その代わりに言語表現が肥大していきます。たとえばマスコミの発達です。そこでいちばん困っているのは若い人です。

若い人が電車の中で足を広げて座っている。行儀が悪いと年寄りが怒っているが、この怒り方はピントが外れている。なぜか。私から見ると、そういう若い人は、身体を持て余しているというふうに見える。せっかくすくすくと大きく育ったのに、身体を持て余している。どうして持て余しているかというと、型を教えないからです。

昔、コマーシャルに「男は黙ってサッポロビール」なんていうのがありましたが、昔の人はしゃべらなかったなあ、という気がなんとなくします。しゃべらないですんだのでしょう。その理由は彼らはまだ身体表現を保持していたからでしょう。それを文武両道といったのです。

しかし私どもの文化は、いってみれば、それを明治以来一〇〇年、徹底的に組織的に打ち壊してきました。その途中であらわれたのが軍です。軍隊が、身体の型を中心にするものだったというのは、軍を覚えておられる方はよくおわかりだと思います。そしてその軍が、明治以降、唯一残った型であった。

三島由紀夫がやったこと

その型が消えたあとに何が起こったかというと、三島由紀夫《みしまゆきお》が出てきたわけです。三島由紀夫は「文」の人、つまり首から上の人でした。ほとんど首から上だけの人だったわけで、それがある日突然のように、伝統文化といいだした。それまで知らなかった身体に気がついたわけです。

そこからの三島が、表現としての身体を追求したことは間違いがありません。最初は武道をやっていましたが、運動神経が鈍《にぶ》いのでどうしようもない。ついにボディービルになった。ボディービルというのは身体表現そのものです。そしてさらにそれが行き着く先が生首《なまくび》になった。

三島の伝記をいくら書いてもダメなのです。なぜなら三島の伝記とはまさしく意識的表現であって、三島自身がやったことは最終的には無意識的な身体表現だったからです。ああいうふうなことをやったときに、三島の頭の中はからっぽだと書いた人はたくさんいました。それは意識的表現で無意識的表現を解釈しようとしたからであると思います。

そしてそのあとに発生したのがオウム事件でした。あれは何だったのか。もうおわかりだと思います。じつは私はあそこに入っていた学生をよく知っています。基本的に彼らが惹《ひ》かれていったのはヨーガです。自分の身体に若い人がはじめて気がついたのです。

はじめに私に握手を求める人が多いと述べましたが、若い人がなんらかの形で身体が欠けているということに気がついてきている。身体が欠けている理由の第一は、先ほどから申しあげているように、都市化が身体そのものを排除するからです。第二に私どもが非常に重要な文化的表現としての身体表現を組織的に消してきたからです。

これからわれわれが考えなければならないことは、そういった意味での表現としての身体、あるいは自然としての身体というものをいかに回復するかという問題でしょう。実際に直《ただ》ちにやろうとした人たちがいたわけであって、その最初の代表が三島由紀夫、次の代表がオウムでした。

ここからいえることは、急いでもうまくいきませんよということです。それにはたいへん長い時間がかかる。修行というのは一生ものだということが常識になっているのは、そのためなのです。

第4章　「まとも」が遠のく

かけがえのないもの

脳の世紀

科学者の間では、二一世紀は脳の世紀だといわれています。それは何を意味するか。人間がいわゆる人間としてやっていることは、じつは全部脳の機能、脳の働きだと考えて間違いないからです。そもそも言葉がそうです。

動物が言葉をほとんど使えないこともご存じの通り。京都大学の霊長類《れいちょうるい》研究所はチンパンジーに一生懸命言葉を教えています。案外よく覚えて、単語を五〇とか一〇〇使うチンパンジーが出てきていますが、連中はだいたい口がきけない。かなりのことまでは理解するが、チンパンジーに言葉を教えても、根本的にはダメです。

言葉を使うのは、人間にとって非常に特徴的な働きの一つですが、これは典型的な脳の働きです。逆にいうと、これを止めてしまうのは簡単です。脳に小さな穴をあけて、麻酔《ますい》注射してやると、口がきけない状態がすぐに起こります。そのもうちょっと後ろに小さな穴をあけて同じようなことをすると、今度は、音は聞こえるけれども、何をいっているか全然わからない状態になります。そういうふうに、脳のどこの場所がどう働いているかということすら、かなりはっきりしています。

最近では、生きている脳を観察するいろいろな方法ができてきました。言葉を使っているときにどこが働いているかを、生きた脳で見ることができるようになりました。それによって、言葉は脳の働きだということがよくわかります。

それでは全体として、脳をどう見ればいいのか。まずつくりからいうと、こんなに簡単なものはない。肝臓《かんぞう》だって五種類ぐらい細胞が入っているのですが、脳は神経細胞とグリア細胞の二種類しかない。もちろん同じ神経細胞でも大きい、小さい、いろいろな形があるから、細かく分けられないことはないのですが、根本的には二つしかない。あとは血管があるだけです。

一体脳とは何なのか。もっとも簡単な見方としては、私はコンピュータと同じように見ればいいと思っています。日本語でいう入出力装置、入力があって出力がある機械と考えればよろしい。脳に入ってくる入力とは何かというと、感覚、知覚です。昔から五感といわれているように、目で見る、耳で聞く、さわる、味わう、においを嗅《か》ぐ、これは全部、基本的に脳への入力です。

出ていくほうもある。入力があって、頭の中でガーッと動いて、何か出ていく。何が出ていくのかというと、運動です。むずかしくいうと行動。周囲の状況の中でどう動くかというのは行動です。それをもっと詰めて、非常に単純な言い方をすると、出力は運動なんです。

世界を把握する方法

次に考えるとすれば、五感から入ってきたもので一体何をしているのかということです。たとえばどこかに出かけるときに時計を見る。急いで行かなければ間に合わない。時計を見た瞬間に判断し計算して、約束は何時だから、そろそろ行かなければいけないと動きだす。つまり知覚というのは、そういう役割をしているわけです。

あるいは外へ出て寒いと感じると、大急ぎで上着を着たりします。そういうことを全部まとめて、どう考えたらいいか。知覚は、私どもが世界を把握《はあく》する方法なのです。世界がどうなっているかを、五感を通して把握していることになります。生まれてすぐには、そんなことができてはいませんが、だんだんできてきます。

そうなると、五感はそこを通して入ってきた情報をまとめて、最終的に脳の中にある世界の像をつくる働きをしているのではないか。

五感から入ってきた情報を集めて、脳はある世界の姿をつくります。だから、五感の一つが失われた人、たとえば目の見えない人、耳の聞こえない人は、少し違った世界の像を持っているはずです。

それはそれとして、私どもの知覚はそこから入ってくる情報をまとめて、なんらかの世界の姿をつくる。それは認めていただけるのではないかと思います。その中で、ある特定の世界の姿に対して、特権的な地位を与える。それを現実といっています。

皆さんは、それぞれ現実とはこういうものだという信念をお持ちのはずです。皆さんが現実と考えているのは、五感から集めた情報を長年、脳の中でこねくりまわして、最終的につくりあげた一つの世界の姿です。私は現実をそう定義しています。

そうすると、現実と考えているものは、じつは皆さんの脳が決めたある一つの世界であるといえます。それが壊れることはもちろんあります。たとえば精神病の患者さんが典型的にそうです。発病したときに、いままで住んでいた世界と非常に違った世界を現実だと主張するようになります。だから、現実は、脳が決めていることにたぶん間違いないと私は思います。

好きなことしか見聞きしていない、やっていない

では、一体どういうふうに決めているのでしょうか。そこで一つご理解いただきたいことがあります。それが現実であるとかないとかと、脳が決めるメカニズムには、情報の重みづけがあるということです。

情報は平等に入ってくると、手がつけられません。たとえば外を歩くときでも、目に見えるものを全部、頭に入れているわけではありません。だいたい自分の見たいものしか見ていない。見たくないものは見えていないはずです。

その重みづけを、日常的にはなんと呼んでいるか。われわれは自分の脳の働きを把握しているわけで、これを意識と呼んでいます。意識は自分の脳がどう働いているかということに対する、ある種のモニターですから、そのモニターは重みづけについて、ある表現をしています。もうおわかりだと思いますが、意識というモニターは、それを好き嫌いといっています。

好き嫌いというのは、じつは外から客観的に見ると、入出力についている重みづけなのです。好きなものは脳の中で強い重みがついているので、非常に強く印象に残っています。

育ってくる過程を考えるとわかると思いますが、われわれは結局、好きなことしか見聞きしていないし、好きなことしかやっていない。もちろん、無理して重みをつけることを意識はやります。仕事の上でやらなければならないという形で、重みづけをやる場合もあります。しかし放っておけば、だいたい好き嫌いに従ってやっているわけです。

このことを社会的にいえば、夫婦の関係が典型的にそうです。よくフェミニズムの人が男中心社会といいますが、社会的なあることについて、旦那《だんな》がやるか奥さんがやるかということは夫婦でだいたい決まっています。論理的にはどっちがやってもいい。しかし、右利《き》き・左利きと同じで、どっちがやるとあらかじめ決めておくと、非常に楽だということです。

問題が起こるたびに議論すると、その議論だけで一日かかることになります。そんな暇はない。そういうことを順繰《じゅんぐ》りにお考えになるとわかると思いますが、じつは情報の重みづけというのは論理機械の中で重要な意味を持っています。重みづけをしておかないと、肝心《かんじん》なときに機能しないということが起こる。

われわれの運動系を見ればおわかりだと思いますが、動物はいろいろな運動をします。人間は利き手・利き足を持ったタイプの動物ですから、いま誰かが入り口で「火事だ」と怒鳴《どな》れば、皆さん立ちあがって、サーッと外に出る。そのときに利き手・利き足がないと、全員がウサギ跳《と》びとかカエル跳びで逃げることになります。

人間はそんな運動はやらない。ウサギやカエルは左右に重みをつけていませんから、運動系が左右対称に機能していて、ああいう運動になります。

これはどっちがいい悪いというよりは、運動系を機能させるためにどうしたらいいかということで、生物がそれぞれ長い進化の過程で、取りあげてきた戦略に関係があります。脳の中もまったく同じようになっていて、運動系を含んでいますから、必ずそういう好き嫌いをつけています。

現実は一つだという思いこみ

意識が感情と呼んでいるものは、最終的に重みをつけるものであって、その最終的に重みをつけられた世界の姿を、私は現実と定義しています。普通、現実は一つだと思っています。これが現実だと、それぞれが思いこんでおられる。ところが、それが人によって違う。間違いなく違う。日本人は割合にそれを揃《そろ》えるから、世間の常識というものが決まっています。それが日本の現実です。

世間とか社会、文化、伝統とか、いろいろいっていますが、何のためにあるかというと、便利さ、能率のためにあるのです。放っておくと、脳はじつにさまざまな現実を各人それぞれがつくる器官ですから、たいへん能率が悪くなる。そこで、全体としてそれを揃えようとする。日本の場合、徹底的に揃えるのが理想になっている。徹底的に揃えると、ある意味でたいへん便利です。

そういうふうに一方で力が働いて、現実を揃えようとする。それがある程度揃ったのが、世間、社会です。そういう社会の中で育つと、だいたいある種の現実が揃ってきて、ほぼ同じものを現実だと考えるようになります。私はいま、それがいいとか悪いとかいっているのではありません。きわめて中立的に説明しているつもりです。

日本のような社会で、その現実がそう同じじゃないんですよというためにどうするか。よその社会を見ればいいわけです。そこに非常に大きな食い違いが生じてくる。

それが実際に起こったのが戦前の状況で、アメリカの社会と並べてみると、全然現実が違う。ところが、それぞれが現実は一つだと思っているから、ケンカになります。

うちの中でもまったく同じことが起こります。子どもが学生結婚したいといいだす。親がどうやって食っていくつもりだという。いまならコンビニでアルバイトしても食えるというと、親がおまえの考えることは現実的ではないと怒る。

これは親の現実と子どもの現実が違うということであって、私はいま、どちらの現実が正しいといっているわけではないのです。

五感のすべてに訴えるもの

私どもは、最終的にある種の重みづけをつけてしまう。ところがこの種の重みづけには大きく分けて、二つあります。一つは何のことはない、ここにコップがあって、その中に水が入っているのを、現実と認識するようなことです。これを現実ではないと主張する人はない。

しかし、それは必ずしも現実ではないという考え方が、哲学には昔からあります。これは目に見えているだけだ。さわった感じがあるだけだ。コップなんかあるかないかわからない。そう考える。ただしバーチャル・リアリティという形で、将来そういうものがむしろ現実になっていこうとしている。哲学者のいうことも決して間違っているわけではない。

一般に、私どもはこういう五感に与えられるものを一つの現実とまず考えます。実際、ここにテーブルがあって、歩いていくとぶつかります。ぶつかると抵抗感があって、目にも見えます。ぶつかったとたん、音がするから、五感からさまざまな入力があります。そういうものを私どもはまず現実とみなします。これを無視してもしようがない。だから、五感からの入力が与えるものを一般に現実という。

普通、ものといっているのは、じつはこういった五感からの入力を指します。ものとは何かということを哲学者はいろいろいうのですが、脳から定義すると、非常に簡単です。五感のすべてに訴える性質を持つということです。

一つの対象が五感のすべてに訴える。ここにあるものがあって、目で見える。たたくと耳で聞こえる。音がするし、さわった感じがして、重さの感じがあって、温《あたた》かい冷たい、つまり触感がある。そしてにおいがあって、味がある。一つのものが、これら全部を備えているとき、普通、われわれはものといっているのです。

そうでないものはどこにあるか。外に出てみると夕焼けになっている。では、この夕焼けはものかというと、ものではない。あれは目にしか見えないからです。夕焼けには、音とか味とかさわった感じはありません。

私どもがものと呼んでいるものは、基本的に五感すべてから入る性質を持っています。そういうものにわれわれは比較的強く現実感を与えて、ものの世界と呼んでいる。それしか存在しないと主張すれば、それがまさに唯物論《ゆいぶつろん》になります。もちろんそうではないので、夕焼けは間違いなく存在している。しかし、なんとなく夕焼けが頼りないような気がするのは、いまいったように四感足りないからです。夕焼けは目にしか見えません。

リアリティ＝真善美

では、それだけが現実かというと、そうではない。いま述べた五感に入るようなものは英語ではアクチュアリティ、日常性というのですが、これが一つの現実です。しかし私どもがむしろ非常に強く現実だと考えるものは、それとはまた違うものです。それを英語ではリアリティといいます。

リアリティの翻訳は案外むずかしくて、リアルを現実的と訳すとどうもぴったりこない。リアルあるいはリアリティという抽象名詞は、むしろ「真善美」と訳すほうが正しいと私は思っています。つまり正しいとか、いいとか、美しいというのは非常に強い実感を持っていて、これも現実の一つです。

こういうものがほんとうに現実である人が、世の中には特定のグループとして存在しています。専門の数学者はそういう存在です。そういう方とお知りあいになる機会があったら、ぜひ聞いていただいたらよろしい質問があります。

私は何人もの方に試みましたが、誰もが異口同音《いくどうおん》、まったく同じ返事をしました。その質問とは、「数学の世界は現実ですか」あるいは「実在ですか」という質問です。数学者であれば、たちどころに「現実です」という返事が返ってきます。

数学の世界が現実だというのは、一体どういうことか。まずそういう返事で、なぜ数学者が一生ああいう仕事をやっていられるか、ということがわかります。皆さんは、あんなに抽象的なことをなぜ一生やっていられるか不思議に思うのではないでしょうか。

それはたいへんな間違いで、数学者にとっては、あれは抽象ではないから、一生やっていられるんだということがわかります。それが現実です。

私の伺《うかが》ったいちばん偉い数学の先生は、それに解説をつけてくれました。「私にとっては数字が実体なんです」と教えてくださった。数字が実体というのは、またわからない話かもしれません。

しかしこれは非常に簡単なことで、いまいちばん前の列に一〇人の方が横に並んで座っています。私は数学者ではないから、一〇人の人が並んでいるなと見ます。しかし、数学者はここに一〇という数が不完全に実現されている、と見るのです。なぜ不完全かというと、一〇人の人は同じではないからです。

数学者が非常に現実感を持つのは、ここに一〇という数があるということです。一〇のバリエーションとして一〇人を把握しているのです。

ギリシャに昔、ターレスという哲学者・数学者がいて、数学という現実に夢中になったあまり、古井戸に落ちる話があります。井戸の底から出られないで、ワアワアいっている。上を知りあいの女の子が通って、先生もたまには足元の現実を見て歩きなさいと説教するわけです。

古井戸は五感から入ってくる現実ですが、数学の世界はそれと違った現実であって、その現実を英語ではリアリティといいます。それは真善美の真に相当するものです。

麻薬の作用

善、いいことというのが、数学者の現実と同じような力を持つことは、戦前から生きてこられた方はよくおわかりのはずです。大日本帝国か天皇陛下万歳か知らないが、とにかくそういう抽象的な観念が人間を徹底的に動かすことは、誰でもおわかりの通りです。特定の新興宗教でもまったく同じで、なぜそういうものが人を動かすかというと、それが数学者と同じように現実に変わるだけのことです。

その現実は、入出力装置として考えたら何かといえば、脳がつけた重みづけです。その重みづけは何かというと、意識がいうところの感情で、それは論理系ではなくて、それにつけられた何らかのバイアス、重みづけです。

脳はそういうバイアスをどうやってつけているか。これは、かなりのことがわかってきています。それは、特定の神経細胞の出す化学物質によって、おそらくついているのです。私どもの気分、気持ちがいいとか気持ちが悪いとか、そういったものもおそらくは化学物質です。

それをよく証明しているのが麻薬の存在です。麻薬を与えると、脳はたいへん気持ちがいいと主張します。脳の中にはそういう物質がもともと出ていて、それによく似たものを入れてやると、気持ちがいいと感じる。

もともと脳はある特定の状態でそういう物質を出すわけです。事故などを起こすと、出血は多いし、怪我《けが》はひどくて痛い。頭がまともだと、そのショックだけで死んでしまうから、脳は一種の麻酔剤のようなものを出します。そうすると、たいへんな怪我であるにもかかわらず、本人はいい気持ちになっている。

そういう状態で、夢うつつで見る世界が、いわゆる臨死《りんし》体験の世界です。臨死体験の世界を見た人が、その世界から帰ってきて、たいへん気持ちがよかったというのは、そういう裏があります。

それと同じように、われわれの気分なり、さまざまな信念、正義、真善美は、基本的に論理的な回路ではない。論理ではなくて、それはむしろ現実を決める重みづけです。重みづけをして、それが現実であると主張します。そういう形で私どもの知覚は、最終的にある世界をつくり、それに特権的な地位を与えます。

おそらく人間の世界の争いの最大の原因はこのあたりにあります。それぞれの人が一つの現実をとって動かない。年配の方は自分の若いときを考えればわかると思います。いま考えている現実と、若いときに考えていた現実は必ず違っているはずです。

それでもまだ思いつかない人は、恋愛をした経験でも思い出せばすぐわかるでしょう。非常に重みづけが偏《かたよ》った、ほとんど病気という状況になります。そのときには、脳の中に特定の重みづけがかかってくる。これが生化学的なものだということもよくおわかりだと思います。それは、物質的なものなのです。

脳という入出力系は基本的には論理系として、あるいは回路系として働く。この回路系はコンピュータとそっくりです。これは当たり前です。コンピュータは、じつは脳がつくりだしたもので、意識は、自分の中で動いているプロセスを回路系として外に出すことができます。そのようにしてつくられたコンピュータは、脳の一部が延長したものなのです。

いま述べてきたことは、脳の中で知覚系、つまり入力系がどのようにして、機能するかということです。われわれは、脳の中である特定の現実をつくりあげる。すると今度はそれが運動になって出ていくわけですが、そこにはどういう規則があるか。

ある世界の像ができあがるから、当然、それに適した形で出力が出ていくわけです。

私どもがいま住んでいる現代社会では、そういう出力はたいへんはっきりした原則になっているように思われます。

「ああすればこうなる」が通用しない場所

おそらく誰もが意識することもなく、当たり前だと思ってやっている運動系の原則を、私は長い間、いろいろむずかしい言葉で考えてきました。最初はプレディクション・アンド・コントロールという英語を使った。日本語にすると予測統御《とうぎょ》といって、コンピュータ、まさに制御《せいぎょ》工学なんかがやっていることです。

ミサイルを、途中の風向きまで考慮に入れて、ちゃんと目的地に着くようにする。われわれのやっていることはそういうことでしょう、とよくいうのですが、皆さん、なかなか納得してくださらない。いろいろ言い回しを考えてみるのですが、言葉がむずかしすぎる。

それで一〇年ぐらいたって、やっとこういえばいいんだなとわかった。運動系の持っている原則は、要するに「ああすればこうなる」ということです。これだけです。商売であれば、これだけ費用をかけて、これだけ売ったらいくら儲《もう》かる。子どもさんやお孫さんができると、だいたいどのへんの小学校に入れようと考える。小学校を出たら、中学、高校、大学はどのへんに入れよう。そこを出たら、どんな会社に入れて、どのぐらい給料をもらえて、どのぐらいの地位につける。

これはみんな、ああすればこうなるということです。ああすればこうなる以外のことをやっているかというと、まあやっていないと思います。

「ああすればこうなるだけになってくる社会が現代社会だ」と私はときどき冗談《じょうだん》でいっています。「それで当たり前じゃないの」と考えた方があれば、それと違うことをいうことはできます。

まず第一に人間が生まれてきて、年をとって、病気になって死ぬ。仏教でいう生老《しょうろう》病死《びょうし》ですが、これはああすればこうなるの計算ではいきません。だいたい生まれるところが計算ではいかない。

現代社会では、人はすぐに「そんなものは計算ですよ」と考えるし、実際口にします。産婦人科では医者は直《ただ》ちに出産予定日はいつですといいます。その日に産ませることは簡単にできます。しかも、子どもをつくるのも、つくらないのも親の計算通りにいきます。近頃はやろうと思えば、産み分けまでできます。やらないだけで、技術的には完全にできるのです。

こんなだから、産むなんて、ああすればこうなるで完全にいくでしょうと考える人が出てくる。しかし、それは完全な間違いです。子どものことを忘れているからです。子どもにしてみれば、生まれるときはいっさい計算がない。ハッと気がついたら生まれているのであって、そこに予定もくそもない。気がついたら生まれていたというのが、私どもの人生の始まりです。そして、気がついてみたら死んでいたということになるわけで、このへんにはいっさい予定は成り立たないことがわかります。

水はあふれることもある

ああすればこうなるが成り立たない世界というものを、一体何と呼べばいいか。それがじつは「自然」です。私どもが自然と呼んでいるのは、ああすればこうなるが成り立たない世界を指しているのだと私は考えています。ですから、自然についている枕詞《まくらことば》として、日本語では「かけがえがない」というのです。

かけがえがないというのは一つしかないということです。皆さんは、それぞれかけがえがない。つまりほかに同じ人はいない。そういう見方をとったときに、人間は自然の存在になります。

日本の国は天災が多いところです。台風が来る。地震が来る。神戸がそうだったように、ああいうものが来ると、いくら事前の対策をやってもダメだということが、わかってしまう。浅間山《あさまやま》がそうです。

天明《てんめい》の大噴火《だいふんか》が有名ですが、人間がいくら努力しても、ときどきボカンといくので、ああすればこうなるとはならない。そのような自然というものをときどき知らされてきたのが、日本の伝統でした。

ところがだんだん自然の力がわからなくなって、ほとんど人間の世界に変わってきます。そして完全に人間の脳の中が理想になっているのが都市です。ですから、都市には自然はない。なくて当たり前、あってはならないのです。地面があれば気に入らないから、コンクリート敷きにする。川は全部ドブにする。現在の川はドブです。

行政は治水《ちすい》対策だと必ずいうが、水が流れていれば、ときどきあふれるのは当たり前です。あふれるのが異常だと考えるのは、すべてが人間の考えるようになるという世界に住んでいる人に特有の常識なのです。

うろたえる人間

なぜか知らないが、人の脳は「すべてが人間の考えるようになる」と考えていくほうにどんどん進んでいく。その傾向が、行き着くところまで行ったのが都市だと私は思っています。

それは何もいまの東京に限ったものではありません。五〇〇〇年前、中近東にはもう都市ができています。そこの人は、いまの東京の人と同じように考えたに違いない。そういう都市を発掘してみるとよくわかりますが、やっぱりきれいに舗装《ほそう》してある。その頃はコンクリートはないから、全部石を敷いている。そして人間のつくったものしか置いていない。

その傾向をどんどん進めていくと、人間の常識がまた変わっていきます。さっき現実をわれわれは決めてしまうといいましたが、つまり現実が「ああすればこうなるの世界」になってしまいます。そうすると、ああすればこうなる以外のことが起こったときに、うろたえる。大騒動になる。

日本ではしょっちゅう天災が起こります。これでは具合が悪いかなということを、どこかで自然から教えられるのだろうと思います。

しかも人間は脳だけではありません。基本的に身体の中に脳があるのであって、身体は意識が完全に把握できないものです。

つまり、自分がいつ何の病気で死ぬかということは誰もわからない。病気でなくて、事故で死ぬかもわからない。これぱかりは計算できない。五年先に会社はどうなるといって、一生懸命努力はしていても、その間に自分が死んだらどうするということは普通は考えない。

都市の生活は、それを考えないでいいようにつくっていくわけです。しかし、実際に死んでしまうことはあり得るわけで、そういうことを考えに入れると、いわゆる都市生活はなかなかうまくいかない。

カッコつき問題

現実というのは、二つあります。自然と意識。自然というのは身体です。身体のほうは自分の思うようにならない。意識の思うようにはならない。もう一つの世界は意識の世界であって、これは思うようになる。考え方しだいでどうにでもなるものです。

私が子どもの頃、何事も心がけとよく大人にいわれました。私はひねくれた子どもだったから、心がけで背が伸びるかよ、と腹の底で思っていました。いま考えてみると、それはまさに自然と人工の対立です。身体と脳の対立です。脳のほうはある程度思うようにコントロールできる。それで身体が思うようにいくと思ったら、そうはいかない。年をとると、身体がいうことをきかないと、皆さんおっしゃるが、それはしかたがないことであって、それがまさに自然なのです。

都市に住んでいると、都市はまさしく意識がつくった世界ですから、そこでは人間の自然が必ず問題になってきます。これらの問題を、私はよくカッコつき問題といいます。現在いわれている高齢化社会の問題とかO－157のような病気の問題、あるいは安楽死とかそういった死の問題のことです。

それは考え方が引っくり返っているから、問題に見えてきただけなのです。人間が生まれて年をとって病気になって死ぬのは当たり前なのです。しかし、社会のほうが、それを当たり前でないように考えるようになったから、問題になってきただけなのです。

そもそも昭和三〇年代からすでに一部の村ではお年寄りが増えて、若い人がどんどん都会に出ていった。現在よりはるか以前に、過疎《かそ》の村では住民は六〇歳以上の人だけ、というまさに超高齢化社会が来ていたわけです。

都会の人はそれをいっさい無視して、これから来るといっているだけであって、そんなものは都会人のエゴだと私はいっています。高齢化社会なんていうものはカッコつき問題です。

それでは具体的にどうすればいいのか。急に年寄りが増えたらどうするんだ。そんなものは三〇年待っていれば、全部死にますよと私はいいます。ほんとうにそれだけのことです。それを問題だというのは、つまり都市の常識がいわせているのです。

都市というのは先ほど定義したように、意識の世界です。意識の世界ということは、すべてわかっているという世界です。だから、それを「ああすればこうなる」と私は表現しました。

その「ああすればこうなる」という社会で何が起こるかというと、女性の場合は、子どもを産まなくなります。子どもは自然の典型、どうなるかわからないものの典型です。産んだからといって利口な子になるとは限らないし、とんでもないのが生まれるかもわからない。そうすると、計算高い世の中では子どもは産めない。子どもが減ってくるのは当たり前です。

それは自然と人工、つまり身体と意識の対立です。どちらが現実かというと、現代の人のほとんどは意識のほうが現実になっている。計算が現実になっている。

それと情報化社会はどういう関係があるか。どうやら次の明かりが見えてきたかなと私が思っているのは、この情報化社会です。じつはそういった思うようになる意識の世界を、われわれは都市という形で五〇〇〇年前からハードでつくってきたわけです。がっちりした建物をつくって、まわりを城壁で囲って、この中をそういう世界だよとしてつくってきたわけです。

情報化社会では、思うようになる世界をコンピュータの中につくってしまおうとする。先ほどいったように、コンピュータは脳の延長ですから、これは案外健康かなと私は思っています。

テレビゲームを皆さん嫌《いや》がっていますが、私は案外あれでいいんじゃないかという気がします。なぜかというと、バーチャル・リアリティ、仮想現実なんていっていますが、都市の中に住んでいる人間の現実は、いまとなっては仮想現実なのです。自分が食べているものが、どこでどう採《と》られているのかもわからない。

不自由も必要

日本は輸出入に頼っているといいますが、日本全国がすでに都市に変わってしまって、根本的な意味では田舎《いなか》がないのです。そもそも都市は田舎から来るものに頼っています。だから、その関係が切れたらアウトです。これが日本が完全に輸出入に頼っているということの意味です。日本全体が都市になっただけのことです。日本だけで食っていけといったら食えないのは計算ではっきりわかっています。

『方丈記《ほうじょうき》』を読むと、鴨長明《かものちょうめい》の時代に養和《ようわ》の大飢饉《だいききん》があって、都にいっさい食べ物が入ってこなくなった。そうすると、都の人はうちから財物を持ちだして、食べ物に換えようとする。黄金を安くして、粟《あわ》を高くするという状況、戦後の食糧難そのままが一行で書いてあります。そんなことは都市の特徴であって、都市はやがてアウトになることはわかっている。これが日本全体の状況です。

つまり、ハードで都市をつくるのは非常に危ない。じゃあ、どうするか。二一世紀がどうなるか私にはわかりません。しかし、コンピュータの中につくっていった世界は自分の思うようになる世界ですから、そこで思うようにしているほうが安全ではないか。

それにああいう世界はどこに住んでいても参加できます。まさにマルチメディア。それこそブータンの田舎だろうが、インドの田舎、東北の山奥であろうが、参加できます。

ハードで都市をつくって、コンクリートの固まりをつくって、あとで畑にもならない土地にしてしまうよりは、そういう形で仮想の世界をつくる。どうせ人間は自分の思うようになる世界に住みたがるわけですから、そういうところを仮想の世界でつくっていただいて、実際の生活は田舎でやっていただく。そういう意味の、自然に触れること、自然の不自由が存在するということが、どうしても必要です。両方やったらどうですかというのが、私の意見です。

いままでいちばん具合が悪かったのは、都市、思うようになる世界、ああすればこうなるという社会をハードでつくったことだと思います。どうせ脳の中の話なのだ。思うようになるのはおとぎ話の世界です。どうせおとぎ話の世界をつくるなら、コンピュータの中につくるほうが安い。コンクリートでつくられるとたいへんです。

ローマにいて思ったことがあります。ローマの遺跡はまだ残っていて、いまでは使い道は観光資源しかない。しかし、あれが観光資源になるのには一〇〇〇年、二〇〇

○年かかっています。

それならば、コンピュータの中に思うようになる世界をつくって、思うようにしたいという欲望はそういうところで解消していただく。しかし、実際にはたいへん不自由なところで日常生活をしていただく。これは案外健康ではないかと思うのですが、いかがでしょう。

その両方が立たないと、結局は立たない。なぜなら、脳みそは脳みそだけで生きているわけではなく、身体がいるわけで、あくまでも身体の中の脳だからです。そういうわけで、両方を立てなければならないのなら、そこまで極端にやれば、むしろ両方がちゃんと立つのではなかろうか。

都市の中に住みつくのは明らかに不健康だし、歴史が証明するようにすべての都市は滅びるわけです。滅びてはまたつくり直していますが、また絶《た》えず滅びている。そんなことをやる必要はないじゃないかという気が私はしています。もう少し安くつく利口なやり方をこれから考えたらよろしい、というのが私の結論です。

一周遅れのランナー人生

カニが消えた

私は鎌倉《かまくら》で育ってきましたが、結局は最後までここに住んでいるだろうと思います。鎌倉は変わった。どこが変わったか。子どもの頃に、私はよく海岸に行っていました。いまでも覚えているのは何かというと、カニです。コメツキガニといって、三浦《みうら》半島にいまではほとんど残っていないと思います。油壺《あぶらつぼ》の近くの小網代《こあじろ》という、完全に海岸が残っているところがありますが、そこに行けばまだいます。

昭和四〇年代に、滑川《なめりがわ》の河口で見たことがありますから、もしかするとまだ生きているかもしれない。砂浜に小さな穴を掘るカニです。よく見ないと気がつかないが、砂が盛りあがっている。ちょっと汚《きたな》く見えるのですが、近くでよく見ると、じつは非常にきれいなのです。砂が全部まん丸の粒《つぶ》になっている。カニ自体は小さくて、一センチもない。砂の模様みたいになっていて、私はそれをよくじっと見ていました。そばへ行くと、穴の中へすっと引っこんでしまう。しーんとしていないと出てこない。出てきたのを見ていると、一生懸命砂を丸めている。

同じカニでも、アカテガニというカニがいますが、これはいま、一匹もいない。ベンケイガニといっていましたが、滑川の石垣《いしがき》の間の穴に入っていました。幼稚園が終わると、バケツを持ってとりにいきました。割《わ》り箸《ばし》を一本持って、その割り箸で穴から追いだす。それで捕まえる。大きい鋏《はさみ》が怖いから、それに挟《はさ》まれないようにバケツにいっぱいとってくる。とってどうするのかといって、別に何にもすることはない。要するにとっているだけでした。いま、それが一匹もいなくなりました。これもほんとうに驚くべきことです。

学校が終わると、滑川へ行って、魚をとっていました。当時は魚をとるといっても、道具も何にもない。ざるを持っていって、石を起こして、下にいるハゼの仲間をとる。水がきれいだと、カジカの仲間もいるし、ウナギなんかも出てくる。那須良輔《なすりようすけ》という漫画家がいて、滑川でウナギを釣《つ》っていました。ウナギはざるではとれない。小さなウナギならとれた。ウナギはざるを登る。登って逃げる。

その川が完全にいっぺんダメになったのが、たぶん昭和四〇年代だと思います。私は小町《こまち》に住んでいましたが、琴弾橋《ことひきばし》のあたりは、ゲンジボタルがたくさん飛んでいました。いまは出るか出ないかわからない。たぶん出ないのではないかと思いますが、当時は、六月の末になって見にいくとゲンジボタルが飛んでいました。ヘイケボタルは、ほかの田んぼのあるところにはかなりいました。いまはもうまったくいないかもしれません。

こういう変化から何がいいたいのかというと、いまの子どもさんを見ていると、ずいぶん違うなということです。私の場合には、もちろん戦争中ということもあったし、戦後すぐだったりするから、大人が子どもをかまっている暇がなかった。子どもは学校が終わったら勝手気ままに子ども同士でどこかへ出かけて遊んでいました。遊ぶ場所もずいぶんありました。私の家のまわりも空き地がありました。

そこにトンボがものすごい数集まります。モースというアメリカ人が明治時代に日本に来て、日光に行っていますが、中禅寺湖《ちゅうぜんじこ》で驚いている。トンボが顔にぶつかるという。「こんなにトンボの多いところを見たことがない」と書いています。

里山がなくなった

ベトナムに行ったときのこと、ハノイの郊外に車で出た瞬間から、ものすごい数のチョウを見ました。これはカワカミシロチョウという名前のチョウで、台湾《たいわん》に行くといますが、これが非常にたくさん出ていました。山の斜面がほとんどチョウで埋まっていました。嫌いな人はもうたまらないでしょうが。

チョウ道《どう》というのがあります。チョウというのは決まった道を飛びます。山がちょっと切れて谷になっていたりすると、そこにずっと道ができる。チョウの数が非常に多いと、これが白く道路になって見える。チョウが切れていないので、道となって見えるのです。そして山のてっぺんに来ると、これがばらばらと、ばらける。気流が変わるためだと思いますが、急にチョウが一面に広がる。この山のてっぺんに立って見ていると、ときどき頭の上の空がチョウでいっぱいになります。

こういう時代が、日本にもあったのですが、もういまではとても考えられません。トンボやチョウは非常に数が減りました。数が減った理由を考えてみると、いろいろあるでしょう。一つは、田んぼがなくなったせい、そして田んぼとともに里山がなくなりました。

山といってもいろいろあって、一つはほんとうの自然である原始林。人間がほとんど手をつけていない。これはもう日本ではほとんどありません。原始林の形で残してあるところはいくつかあります。関西だと奈良の春日山《かすがやま》がそうです。春日大社《たいしゃ》の裏山。鎌倉でいえば、八幡宮《はちまんぐう》の裏山が何十年か放ってあります。もう五〇〇年ぐらい放っておくと、春日山みたいになると思います。

そういう、人がほとんど手を入れないタイプがあって、これは東北に多い。世界遺産に指定された白神山地《しらかみさんち》が有名です。屋久島《やくしま》もそうです。地図を見てもわからないんですが、めったに残っていない状態です。

もう一つが人工林です。日本の多くの山は戦後杉林になりましたが、これでいま困っています。杉の値段が安くなってしまい、切っても採算が合わない。それで間伐《かんばつ》もしないで放っぽってある。そうすると何が起こるか。数年前だったか、九州で台風が来たときに、この杉林が崩《くず》れてたいへんなことになりました。論外のことです。

これは戦後に国策として杉を植えろといったためなのです。植えた面積が広すぎた。杉林の中には昆虫などが住まないので、私は杉林は大嫌いですが、箱根へ行くと、芦《あし》ノ湖《のこ》の向こう側のへりが杉林になっています。

三つ目のタイプの山は、田んぼのわきにある里山です。子どもだった頃は、鎌倉あたりもそれに近かった。里山で人は何をしていたのか。そこにときどき人が入って、たとえば茅《かや》をとって茅葺《ぶ》きの材料にしていたんですね。あるいは炭を焼く。そういったことのために使っていた山が里山で、人間が必ず入っていました。

放置の結果

広島へ行ったときのこと、中国地方の山というのは木がまばらに生《は》えていて、この木をよく見ると、全部松なのです。松がたくさんあって、下に何か生えているのが特徴です。これが、基本的には里山です。

明治の鎌倉の写真を見ると、おそらく皆さんびっくりされると思います。いまわれわれが見ている鎌倉の山の風景と非常に違います。どこが違うかというと、かつての鎌倉の山がまさに現在の広島の山なのです。

木といえばほとんど松だけ。その松も、間を置いて生えています。これは人が入って使っていたということをあらわします。あと生えているのは、クヌギとかナラとか、つまり炭の原料になるような木が生えていた。要するに薪炭林《しんたんりん》です。

これに手を入れないで放っておくと何になるか。いわゆる常緑広葉樹林《じょうりょくこうようじゅりん》になります。照葉樹林《しょうようじゅりん》ともいっている。そういう自然の変化が、鎌倉を見ているとよくわかります。つまりひとことで緑と皆さんおっしゃるけれども、いま残っているのは里山ではない。鎌倉の場合には、放置しておいたときに生じてくる照葉樹林の形が始まっているのだと思います。

私が子どもの頃に遊んだところへ最近登ってみましたが、非常に景色が悪い。なぜ景色が悪いかというと、木がどんどん茂って、昔見えたところが見えなくなったからです。

広島あたりでは、いま松枯れが起こっています。ほとんどの松が枯れています。赤くなって枯れる。これが鎌倉で起こったのが、じつは昭和二〇年代の初めでした。若宮大路《わかみやおおじ》は、松の並木だったが、そのうちのほとんどが枯れた。松は一《いち》の鳥居《とりい》の近辺にわずかに残っていると思いますが、かつては八幡宮のほうまでずっとあったのです。それがほとんどなくなった。

なぜ二〇年代に松枯れがどっと起こったのか。この原因を松食い虫と皆さんおっしゃるが、根本の理由は戦争中に人手がなくて山の手入れをしなくなったことなのです。

その結果、何が起こったかというと、下草が生《お》い繁《しげ》ったのです。下草が生えると湿気《しけ》る。松は乾いたところに生えるものなので、弱ってくる。弱ると虫がついて枯れる。戦後大きな松枯れの波が何度か起こっています。広島で起こっているのは三度目ぐらいだと思います。そのうち広島の名産マツタケはなくなるんじゃないかと思います。どうするかといえば、答えは非常に簡単。その山を使えばいいのです。つまり下草をしょっちゅう払っていればいいのです。これをいまやらなくなっているのです。手を入れないと、別に入れなくたっていいのですが、その見返りはくると思います。

先が読めないときの選択眼

私が子どもの頃からの長い目で見た大きな変化は、田んぼがなくなっていったこと、それにともなって里山がなくなっていったことです。そして水が完全にダメになった。ご存じのように、日本の川はほとんど全部人工の河川《かせん》に変わりました。土建業と行政がくっついて、徹底的にドブ川にしたわけです。それを治水と呼んでいました。

いま日本の河川で、戦争中につくったダムが一個だけありますが、ダムがほとんどないのが四国の高知の四万十川《しまんとがわ》です。広島の上下《じょうげ》という町の町長さんと話をしたとき、町長さんは、夏に子供たちを連れて四万十川へ行ってきたといっていました。そこで舟遊びをやった。子どもは嫌だ嫌だといっていたのですが、連れていって、舟へ乗せてしばらく遊んでいた。子どもたちは、帰ってきてから、結局「お父さん、あれがいちばんよかった」といったそうです。

上下の町長さんは、田舎町の町長だから、向こうの田舎の自治体に「おたくは偉いですな」といいました。「なんでですか」「いや、四万十川をちゃんとこうやって保存して、きれいな川で昔通り残している」。「そんなことないですよ」と高知の人。「高知県はお金がないから工事ができなかっただけです」。長距離ランナーが走っていると、こういうふうに時代の変化の速いときには、一周遅れていちばん前に立てるという例です。

私は解剖《かいぼう》をやっていましたが、私が東大の医学部で解剖を始めた頃は、ちょうどそんな一周遅れの感じでした。人の脳を調べていましたが、「死んだ人なんか調べて、いまさらわかることがありますか」といわれました。解剖学なんて四〇〇年も五〇〇年も歴史があるから、玄人《くろうと》でも「いまさらそんなことをやったって何もわからんでしょう」といっていました。そういう仕事をやっていたおかげか、一周遅れのランナーになって、ずいぶん楽をさせていただきました。

余計なことかもしれませんが、子どもさんをお育てになって、将来のことをお考えになるときに、あまり世の中に合わせないほうがよいと思います。これは大学の教師がよくいっていることです。就職先を若い人に選ばせると、そのときに景気のいい企業を選ぶ。私が学生の頃に、景気のよかったところは、いまどうしようもない不景気です。四〇年、五〇年先なんてとても読めやしない。そんなときいちばんいいのは、どういう時代になっても人間のすることは何かを考えてみることです。

これならだいたいわかる。当たり前ということならわかるから、何がつぶれて何がつぶれないか、つまり、流行とは何かということがなんとなくわかってくる。

身についたものだけが財産

なんとなく知っていたのですが、「身についたものが財産である」ということです。ハンス・セリエというオーストリアの科学者がいます。ストレスという言葉をご存じだと思いますが、ストレス症候群という言葉をセリエがつくったのです。

この人はもう古い人ですが、ウィーン生まれで、お父さんはオーストリアの貴族でした。第一次世界大戦が起こって、オーストリア・ハンガリー帝国が分解してしまう。帝国は、いまの小さなオーストリアになってしまった。セリエのお父さんは、自分が先祖代々持っていた財産を失った。それで亡くなるときに、息子にいう。財産というのは自分の身についたもののことだ。それはお金でもないし、先祖代々の土地でもない。そんなものを持っていたって、戦争一つあればなくなってしまう。もし財産といえるものがあるとしたら、それは墓に持っていけるものだと。

お墓に持っていけるものというのは自分の身についたものです。家も持っていけない。土地も持っていけない。お金も持っていけない。しかし、自分の身についた技術は墓に持っていける。だからそれが自分の財産だと。

非常に強い社会的な変化を受けたところを生きてきた人は、みんな同じことをいうようです。考えてみるとうちの母もそうでした。私が大学に入る前に、同じようなことをいっていました。母は、戦争を経験しているし、関東大震災も通っている。そうすると、やっぱり財産というのは身についたものと考えるようです。

いまの若い人はよくお金のことをいいますが、そうではない。自分の身についたものだけが財産なのだという知識は、極端な状況を通らないとなかなか覚えないことです。セリエのお父さんがいうように、墓に持っていけるものが自分の財産なのです。

　私は大学に長いことといましたから、率直に申しあげますが、たとえば大学で中堅どころ、二〇代、三〇代の人が何を考えているかというと、いかにして自分のポジション、社会的な位置を確保するかということです。そんなことをいつも考えています。私は気の毒だなと思っていました。

　私の頃は、そんなことは考えませんでした。医学部を出て解剖なんかやったら食えないよというのが世間の通り相場で、食えないところでなんとか生き延びているんだから、それだけでありがたいと思っていました。おかげで、それ以上どうのこうのということを考えないですんでいました。

　私は、ハリス幼稚園に通わされていましたが、別に行きたくて行っていたわけではない。当時、男の子はだいたい半ズボンに決まっていました。はくものは運動靴。戦争中だったから、穴があいている。小学校に入ってから、ときに母親が新しい靴なんか買ってきても、学校からの帰りには裸足《はだし》でした。新しい靴は誰かがはいていってしまい、すぐなくなった。靴下なんかない。当然素足。あったってすぐ穴があいてしまう。半ズボンで素足だから、冬は寒い。それが当たり前だと思って暮らしていました。

食べるものといえば、サツマイモとカボチャ。私の世代は、たいていの人がサツマイモとカボチャはもう食わないといっています。一生食う分、もう食ったと。懐石《かいせき》料理にたいていサツマイモとカボチャが入っていますが、それだけは残すというのがわれわれの世代です。

少なくとも私どもの世代は、自分が育った育ち方をよしとしない。はっきりいえば、カボチャとサツマイモと、半ズボン。あれはまずかった。だから子どもには、冷蔵庫を開ければいつでも食べ物が出てくるようにして育ててきました。こうして自分の過去を否定してしまった人は、他人にどうしろといえなくなる。それに気がつきます。

自分自身の育ちを肯定するのか、しないのか。まずそれがあるわけなのです。それをうっかりしてというか、ある意味で否定してきたのが現代です。そういうことをすると、多少わけがわからなくなって当然だなと思います。

戦後起こったこと

鎌倉というところも変わってきました。その中で私がいちばん印象的だったのは、現在の鎌倉市役所です。私は御成《おなり》小学校の卒業生です。大学院を出てすぐの頃だったと思いますが、鎌倉の市役所が建ちはじめました。そんなことに興味はなかったのですが、建っている鎌倉市役所を見て、はっと気がつきました。まず第一に、諏訪《すわ》神社があって、池があったのが、それがなくなった。しかも、あそこの敷地は御成小学校の敷地にずっとつながっているところだった。私どもが子どものときは分教場があって、そこを使って授業を受けていたことがあります。

この変化に「子どものものを削《けず》って大人のものをつくる時代になったな」と思いました。これはいまでもよく覚えています。

ちょうどその頃、私は奄美大島《あまみおおしま》へよく行っていました。インターンとしてフィラリアの検診に行っていたのですが、奄美が日本に返ってきて間もない頃でもありました。奄美に対して、日本政府が特別にお金を出しました。そのお金を奄美の人は何に使ったか。

当時の奄美には、各集落をつなぐ道路がほとんどありません。南半分へは、古仁屋《こにや》という町から毎日午後二時になると一斉《いっせい》にポンポンポンと船が出ていました。各集落行きの船で、一日に一便です。奄美はそういう状態でした。各集落は何百人という人口ですが、そこに政府のお金で鉄筋コンクリートの小学校をつくった。それが私の頭にありました。そのため鎌倉市のやっていることがまったく逆《さか》さに見えました。奄美とはちょうど逆のことをやっているなと感じました。

いまになってみると、もっと全体の筋がはっきりわかるような気がします。それは戦後の日本が何だったのかということです。多くの方は民主化とか近代化とか、いろいろなことをおっしゃる。私はそういうふうにいうと話がわかりにくいと思います。それでは話の筋が見えない。むしろ戦後起こったことをはっきりいうならば「都市化」だろうと思います。

そういうふうに考えると、鎌倉の変化もよくわかるし、いまの市役所の問題もよくわかる。つまり、結局は都市化したのです。都市化は、私が子どもに毛が生えた頃から始まり、日本中の町に「銀座」ができました。鎌倉にも銀座ができました。これは何なのかというと、自分たちが住んでいる町は田舎じゃないよという宣言ではなかったかと思います。

都市の約束

封建制《ほうけんせい》がどうのこうのなんていうのは、要するに建《た》て前《まえ》。そんなものどうでもいいのです。本音《ほんね》のところはどうだったかというと、もう田舎には住みたくない、町だ、といったんじゃないかと思います。それで、どんどん町にしていったのではないか。町になっていったとはどういうことかというと、人間が自分の考えたものの中、脳みその中に住むということなのです。

新宿の高層ビルとか、幕張《まくはり》とか、横浜のみなとみらいとか、あれが典型的な都市です。ご覧になればわかるように、あそこに置いてあるものは人間のつくったものだけです。ほんとうに人間のつくったものだけ。いま話をしている建物の中もじつはそうで、置いてある観葉植物だけが人間がつくっていないものです。人間がつくってはいないのですが、ここに生えたくて生えているわけじゃない。無理やりここに連れてこられて生えているのだから、私はこういうものは「自然」とはいわない。自然というのは人々が考えなかったもの。考えないで勝手にできてくるもののことです。

それでおわかりのように、都市にはじつは人間が考えたものしか置かないという約束があります。それが都市です。ですから、都市では地面すら自然にあったものは気に入らない。泥《どろ》があると気に入らないから、徹底的に舗装してしまう。

なんでこんなに一生懸命舗装するのか、私はそんなふうに思うのですが、それに対して、雨が降ると泥がつくとか、天気になるとほこりがたつとかいっている。そんなことは嘘《うそ》です。先ほどの戦争中の話でおわかりだと思います。私らの頃は靴なんか一組しかないから、泥だらけになると困った。いまは、皆さんはきかえる靴をたくさんお持ちです。服なんかもいくらでもお持ちです。むしろ汚れたほうが、取り替える理由ができていいんじゃないかと思うぐらいです。

洗濯も、昔は洗濯板で、井戸水を汲《く》んでやっていたのが、洗濯機に放りこんだら乾いて出てくる。私だって洗濯できるという時代になってしまいました。それなのに、なおかつ地面を徹底的に舗装するのはなぜか。あれは、泥が出ていると気に入らないのです。なぜか。泥は人間がつくったものではないから。どうもそういう気がします。

要するに人間のつくらなかったものは、一応全部気に入らないというのが都会の人なのです。意地悪くいうとそうなる。そうすると、おもしろいことがわかります。まず第一に、人間の身体です。これは人間がつくっていない。勝手にできてきた。だから、都市ではこういうものはないことにする。隠してしまう。

私が脳みそを持って歩くと、みんなおかしな顔をするのですが、そのとき私はこういいます。東京というのは一一〇〇万か一二〇〇万かの人間が住んでいるが、小指一本落ちてないじゃないかと。小指一本落ちてない、確かに。それは当たり前か、当たり前じゃないか。そういうことなのです。私はどちらかというと、当たり前じゃないという感覚なのですが、多くの方がそれで当たり前だと思っています。

都市化がどんどん進むと、たぶん困るのは子どもだろうという気がします。子どもは自然なのです。社会も、都市も人工です。意識がつくったものです。だから、この中に子どもは入れてくれない。ある年齢にならなければ世の中に入れてくれない。それはまだ自然だからです。訓練し終わって、一応のことがわかるようになって、人間の約束事がちゃんと使えるようにならなければ、入れてもらえない。だから、子どもの扱いを見ていると、逆に都市化の状況がわかるような気がします。

「大人のために」が先

この年になって仰天《ぎょうてん》したことがあります。東大をやめて、北里大学に行くようになったのですが、北里大学は相模原《さがみはら》にあります。相模原は神奈川県第三位の都市です。一位が横浜で、二位が川崎で、三位が相模原。そんな大都市に、急速になった都市なのです。私は、朝一時間目の講義に行くので、早く出ます。七時頃の電車に乗って八時台に相模原の大学まで行きます。その途中のことで、仰天しました。小学生が歩いていきます。大きい子が先頭にいて、小さい子が後ろについて、一〇人ぐらい歩いていく。あっ、これは集団登校だと思いました。

じつは集団登校というのは、私が小学生のときにできたものです。しょっちゅう飛行機が飛ぶから、年中空襲警報、警戒警報がありました。鎌倉は幸い爆撃自体はありませんでしたが、通学の時間にも警戒警報がある。危険だから行けない。しかし、学校へ行かないわけにいかない。当時のことだから、非常にやかましかった。おんめさま（大巧寺《だいぎょうじ》）の境内《けいだい》に近所の子どもが集まって、待っている。警戒警報解除になると、上級生が連れて一列で行く。学校のほうへ「歩調をとれ」で行くわけです。

私は集団登校というやつは、戦争中の特殊事情であるというふうにかたく信じていました。子どもは、当然のことですが、仲よし同士連れだって行くのが楽しいのです。何々ちゃん、遊びましょうじゃないけれども、一緒に行くのが楽しかった。集団登校なんかさせられると気に入らない。子ども心に、戦争中だ、しようがない、非常時の特殊な事情だと思ったわけでした。

私はそれがいかに間違っていたかということを、相模原に通うようになってから突然思い知らされました。なんと、現在もその非常時のままでやっているのです。

私はそこで、先ほどの鎌倉市役所と同じことですが、やっぱり非常に驚きました。われわれは子どもというものの存在を、だんだん認めなくなっています。その結果、何が起こるかというと、子どもが二つに割れます。一つは、さっさと大人になる。いまの子どもは、なれるところはどんどん大人になろうとして、たいへんに生意気《なまいき》になっています。口をきかせたら、もうとてもかなわないというくらいになっています。

都市化すると子どもがませてくるということは、昔からわかっていました。ませるというのは、早く大人になることを、子どもなりに実践しているのです。だけど、やっぱり子どもは自然だから、とても大人に追いつかない。ある部分では、いつまでたってもちゃんと子どもでいる。それを見て大人は、子どもに早く大人になれと要求する。

それが子どもにとって幸せかというと、間違いなく、あまり幸せじゃない。私が育った頃までは、子どもというもののの権利というとおかしいのですが、それを大人がはっきり守っていました。奄美大島では、学校は台風が来たときの住民の避難所なのですが、それでもお金が来たら、まず子どもたちのために学校を建て直していました。

それは現在ではなくて、将来にかけようという気持ちだと思います。自分たちの現在はともかく、将来はもう少しよくなるだろうという気持ちです。

このように、子どものためにということを考えていたのが、あるときから、市役所が象徴するように、むしろ大人のためにが先になりました。昭和三〇年代からは、それがどんどん進んだと思います。まさに都市化と軌《き》を一《いつ》にしている。人間が考えたようにものごとが進行するのが、町の中なのです。私たちは、いま、「ああすればこうなる」で暮らしています。

現在が未来を食う

このことを別な例でいってみます。子どもがどういうふうに割を食っているのかということでいいたいのは、時間の問題です。これ、ちょっとむずかしく聞こえるかもしれませんが、そうじゃない。われわれは、時間というものを、「過ぎてしまった過去」と「まだ来ない未来」そして「ただいま現在」というふうに分けます。時を三つに分けている。未来という一つの方向へ向かって時が進んでいくような、こんなイメージを持つ。

しかし、この現在っていうのは、何なのか。これが非常におかしい存在なのです。なぜかというと、現在とは、時の一瞬だから、あっという間に過去になってしまう。そうすると、そんなものないよ、ということになります。理屈で考えると明らかにおかしいのですが、誰もがいま現在という。それじゃ、普通に現在とかいまとかいっているものは、ほんとうは何なのか。

私なども典型的にそうなのですが、現在とは、じつは手帳に書いた予定なのです。普通の人はそう思っていない。手帳に書いた予定は、これから来るんだから未来だと思っている。しかし、ほんとうにそれは未来でしょうか。

私は今日、ここに来るという約束を以前からしています。そうすると、たとえば一カ月前に、スマトラに虫採りに行こうよという誘いがあったとしても、今日の約束をしているから、そっちの楽しい誘いにのれない。一カ月後の約束をしていると、その一カ月後にもうちょっといい話がいま来ても、それについていくわけにいかない。これはどういうことか。すでに決まってしまい、あり続けているから、じつは現在なのです。はっきりいうとそうなります。

われわれの日常の生活とはどういうものだろうか。とくにお勤めの方はよくおわかりだと思いますが、あしたも勤めに行かなきゃならないし、あさってても行かなきゃならない。そういうことはきちっと決まっています。つまりそれは現在なのです。

手帳に書かれているのは現在です。こういう定義をすると、「いま」とは何のことなのかがよくわかる。それは当然起こるべき未来、すなわち予定された未来、決めてしまった未来のことなのです。都会ではすべてを予定しようとするから、現在がどんどん大きくなっていって、未来を食っていく。

このことに気がついたのは、ミヒャエル・エンデというドイツの小説家でした。奥さんは日本人です。「ネバーエンディング・ストーリー」という映画をごらんになった方はよくご存じだと思いますが、その原作者で詩人でもあります。ミヒャエル・エンデには『モモ』という小説があります。

ある古い町に突然変な少女がやってきて、住み着きます。少女は、町の人といろいろな話をする。町の人は、おまえどこから来たのかとか、いろいろと聞く。年はと聞くと、その小さな女の子は、一〇〇歳とかいっている。その子と話していると、みんななんとなく幸せになる。ほんのり幸せになってくる。

ところが、なぜかわからないが、だんだん町の人が不幸せになってくる。灰色の服を着て、灰色の帽子をかぶって、黒いかばんを持った男たちが密《ひそ》かに働いている。忙しそうにしている。男たちは、「モモ」の中では「時間泥棒」と呼ばれている。

　時間泥棒は何をするのかというと、皆さんのところへ行く。そして、あなたは毎日毎日の生活は何をしていますかと聞く。たとえば恋人がいて、週に二回会うことになっていて、歌が好きだから一時間歌を歌っていますなどと答える。そうすると一時間は長いから三〇分にしなさいという。

　年とったお母さんがいて、週に一回行くことになっていて、一回行くと一緒に食事をして二時間ぐらいいますというと、それは二時間は長いから一時間にしなさい。そうやって節約した時間をうちの銀行に預《あず》けなさいと薦《すす》める。そうしたら、預かった分だけ利子をつけてお返しする。そういうふうな契約にサインをしなさいと、時間泥棒たちはいう。

　床屋さんにせよ魚屋さんにせよ、町の人はその契約にサインをする。サインをすると、本人は契約したことを忘れてしまう。忘れてしまうのだが、年寄りのお母さんに使った二時間を一時間にするという形で、時間をどんどん節約していく。なんだか知らないが、町の人がどんどんどんどん不幸になっていく。『モモ』は、それに気がついたモモが時間泥棒と闘うという話です。

理由がよくわからない一生

私があれを読んだのは、大学生か大学生に毛の生えた程度の頃でした。何の話かなこれは、と思って、その頃はよくわからなかった。いまになると、エンデがいいたかったことは非常によくわかります。

時間泥棒に会いたかったら、朝の出勤時間、九時頃に東京駅の丸の内側に立っていればよい。まさに灰色の服を着て、灰色の帽子をかぶって、黒いかばんを持った人が続々とあらわれてくる。そしてすべてを予定して、こうすればああなる、ああすればこうなるといってものごとを進めていく。

この、ああすればこうなる、こうすればああなるといってものごとを進めていくことを、私どもは「進歩」と長い間呼んできました。それはそれでいいのですが、じつは人間の一生は、それだけじゃない。なぜならば、人の一生そのものは、ああすればこうなるとは明らかに決まってはいません。

子どもが生まれてくる。子どもは、何かの目的を持って生まれてきているわけじゃないということに気がつく。自分の一生だってそうです。何らかの目的のために生きてきたわけじゃない。われわれは働きアリでも働きバチでもない。ひとりひとりの一生は、なんだかわからないものです。理由がよくわからない一生です。そういったところが、こういった都市化の中に暮らしているとわからなくなってきます。すべてが現在化していく。

エンデのいう通りです。すべてがこうやって予定の中に組みこまれていったときに、誰が割を食うか。それはもう間違いなく子どもです。子どもというものは、生まれた瞬間を考えてみたらわかることですが、何も持っていません。知識もない、経験もない、お金もない、力もない、体力もない。何もない。それじゃ、子どもが持っている財産というのは何か。いっさい何も決まってない未来です。

漠然とした未来。よくなるか悪くなるか、それもわからない。わからないが、ともかく彼らが持っているのは、何も決まっていないという、まさにそのことです。その間はたぶん生きていくだろうということです。

すべてを予定していくと、子どもの最大の財産は当然のことながら減っていきます。そして、私どもの社会では、とくに働いておられる方はそうだと思うのですが、先行きのことを決めなければいっさい動かないというくせがついています。

何のための化粧

都市化する以前の、私が育ったときの鎌倉だったらどうだったか。それを思い出してみたい。それで、さっき山の話をしました。その里山とか田んぼとか、そういうものはちょっと違う。日本の田んぼは、非常に美しい。田んぼは、お百姓さんが手入れをするわけです。いま手入れというと、ほとんどの人が警察の手入れだと思っています。ですから、手入れはほとんど死語になっていると私は思います。しかし、この手入れという言葉は、非常におもしろい。

何がその典型でしょうか。女の方で、極端な人は毎日毎日、一時間か二時間、手入れしておられます。鏡に向かってお手入れする。これ、目的は何だというと、おそらくはっきりしない。

内田春菊《うちだしゅんぎく》という女性の漫画家と対談する機会がありました。ちょっと変な人ですが、彼女がこういうことをいいました。男は、女が化粧するのは男を引きつけるためだと頭から思いこんでいるところがあるが、そんなバカな話があるかと。「こういう人には好かれたくないから、そういう人が嫌うような化粧をする」ということだってあるんだから、という話をしていました。

そのお手入れは、「ああすればこうなる」ですが、一般にはなぜだか知らないが、お手入れする。はっきりした理由はわからないが、手入れしておられるんじゃないでしょうか。田んぼがそうです。お百姓さんにとっては、いい稲をつくるのはもちろん大きな目的です。稲が実ってくれなければしようがないのですが、雑草が生えたら抜いて、畦《あぜ》が壊れたら修理してとやっています。

ほんとうにそのときに稲ができる目的でやっているかというと、そうじゃないと思います。何か当面そうしないと気がすまないからやっている。そういうふうにしていくと、なんと最終的には、外国人がびっくりするような、きれいな景色ができてきます。では、その美しい景色をつくろうと思って手入れしていたのかというと、そうじゃないと思います。

植木屋もそうです。かちゃかちゃ切っているが、あれはめちゃくちゃ切っているわけではありません。だからといって、あるはっきりした目的があるわけでもありません。何かきちんと手入れしていると、いつの間にかできてくるものがあります。その感覚が手入れの感覚です。

これは地面を舗装する感覚とは非常に違います。みなとみらいが典型的にそうですが、都市では、ああいうふうに地面をつくってしまう。まさにつくってしまうのであって、あれを誰も手入れとはいいません。

手入れの感覚

私は東大に長い間勤めていましたが、東大病院は汚い。ほんとうに汚いところで、ライシャワーが入院したときに、ゴキブリが出た。それでやっとお金が出ることになり、直すことができた。でも、やがてまた汚くなると思います。あの中には、この手入れの感覚が乏《とぼ》しいからです。

皆さんは、お宅を手入れしておられるから、いつの間にか人間の住んでいる家が保たれるわけです。なぜか知らないが、暗黙のうちに手入れしている。中に人間が住んでいればそうする。住んでない家は、必ず傷んでくるとよくいいますが、まさにこれじゃないでしょうか。

何か目的があってやっているかというと、たぶんやってないと思います。はっきりした目的を聞かれると困るんだと思います。聞かれれば、いちおうもっともらしい理由をいいます。きちんとしておきたいからとか、気になるからとか。ほんとうのところは、ただそうしないと気がすまないからでしょう。

お化粧もそうだと思います。何もいまから男についてきてほしいと思っているんじゃない。だけど、何か一生懸命やっている。まさにそのことなのです。

これは、そのまま子育てにもいえます。子どもを育てるって、そういうことじゃないかなと、私は思います。親は子どもを自然に手入れしている。われわれのからだも自然です。自分のつくったものじゃない。一方で思うようにつくり直したいこともある。だから最近は整形がはやる。ある人は、顔自体つくり直してしまう。顔自体つくり直しちゃうという考えは、手入れの感覚とは非常に違う。

手入れというのは、もともとあったものを認めておいて、それに何か人間の手を加えていくということです。子どもを育てるのが、典型的にそうだと思います。

子どもの扱い方がわからなくなってきたのは、この手入れの感覚がなくなってきたからじゃないかと私は思っています。われわれの日常生活に、それがなくなってきている。それが里山にも出ているし、自然にも出ている。これは日本全体の傾向です。

その傾向は、都市化と結びついているのであって、その都市化とは何かといえば、頭で考えてものごとを思うようにしようとすることなのです。

前に、子どもの頃のカニの話をしました。バケツにいっぱいカニをとって、おまえどうするのといわれても、別にどうするわけでもない。放すしかない。だけれども、そういうふうな無目的なことを人間はやるのであって、そのことがじつはある意味で生きているということなのです。

自分では覚えていないのですが、母がよくいっていました。私のところは警察のわきで、横丁《よこちょう》でした。幼稚園から帰ってくると、私が横丁にしゃがんでいる。母がそれを見て、何しているのと聞く。「犬のフンがある」。「犬のフンがあって、どうしたの」。「虫が集まっている。虫が来ている」と答える。

また、昆虫採集をやっていると、母が聞く。「こんな虫のどこがおもしろいの」。当時から大人によくそんなふうに聞かれました。どこがおもしろいのといわれたって、本人がおもしろいんだから、しようがない。そういうふうにして人間というのは何かいろいろ覚えるのです。

好き嫌いというのは、人によってあるもので、これはどうしようもない。大人というやつは、そういう好きなことをやっているときに、「それは何のためだ」という無意味な質問を繰り返しする動物です。その頃から、私はそれがわかっていました。

何のためにということをはっきりわかっている人が、たとえば商売をやれば、それは成功するだろうと思います。しかし、商売でいくら成功してもそれだけのことです。ああすればこうなるとは、それだけのことです。

病院で生まれ病院で死ぬ

もうこの辺から先になると、お坊さんかカトリックの神父さんの話で、本来私がする話じゃないのですが、人は、生まれて年をとって病気になって死ぬということです。仏教では四苦八苦《しくはっく》の四苦といっています。これについては誰も同じで変わりない。いくらああすればこうなる、こうすればああなるといって、一生懸命考えてやったとしても、いずれにしたって生まれて年をとって病気になって死ぬことには変わりがない。これをいまの人は嫌がります。

どのくらい嫌がるかというと、できれば考えないようにしたい。

以前、私は大阪で、四人目の子どもを産んだという保健師さんに会いました。この人は、珍《めずら》しく家で産んだといっていました。家で産むには産婆さんを頼まなければいけない。産婆さんはもう年とった人しかいない。二万人取りあげたという八十いくつのお婆さんを呼んできて、お産がすんだら、お婆さんが何か胎盤《たいばん》を押しいただいている。

何しているのかなと思ったら、押しいただいているんじゃなかった。においを嗅《か》いでいた。「奥さん、この胎盤、いいにおいですよ、食べられますよ」というので、食べちゃいましたといっていました。近頃の胎盤は、においが悪くて食べられないのが多いそうですよというから、私は、ろくなものを食べてないからでしょうと答えました。

都会の食べ物はまずい。私は夏にベトナムに行きました。そこではおやつに何を食べるか。キュウリを持ってきて、キュウリに塩をつけてかじる。ほんとうにおいしい。日本のキュウリは水くさい。まずい。

とにかく生まれるところは、そういうわけで病院に入ってしまう。老人は老人の収容施設にできるだけ入れてしまう。これは日本だけではありません。都会化したところはみんなそうです。アメリカでしょっちゅう親子ゲンカしている原因は、これです。

最近読んだ小説の話です。久しぶりに息子夫婦が来てくれるというので、お母さんが四時起きして、朝ごはんをつくっている。そのお母さんはひとり暮らしをしている。息子が小さい頃好きだったものをつくっている。そのお母さんはひとり暮らしをしている。息子夫婦が来て、朝ごはんもすむ。さてと、おもむろに息子が取りだしたものは、りっぱな老人ホームのパンフレットだった。お母さんは、かんかんに怒って飛びだしていく。そこから始まる小説でした。人ごとではないのであって、日本もアメリカも変わりはない。

病気になると、これも特別なことだから入院しなさいということになります。最後は、死ぬところですが、これはいまもう九〇パーセント、いや九九パーセントの人が都会では病院で亡くなる。

私の母は、一九九五年の三月、自宅で死にました。いつの間にか死んでいました。死ぬところが急速に病院に移っていったのは、一九七〇年くらいからの傾向で、それ以前は半分以上が自宅で亡くなっていたものです。

自宅で亡くなることと、病院で亡くなることの違いは何か。われわれが普通に暮らしている日常の中に、もう死がないということです。死は特別なことになりました。特別なことだから、特別な場所で起こることになります。

生まれるのも、病気になるのも、死ぬのも、これは人の本来の姿なのです。こっちが先なのです。都市よりも文明よりも何よりも先にこっちがあったわけで、だから私はこれを「自然」といいます。その自然が異常事態になっています。いまは全部がそうなってきています。

考え方のずれが問題

私は一九九五年の三月に東大をやめました。二七年ぐらい勤めました。その前も学生でずっといました。一八歳の年から東大にずっといたことになります。つごう四〇年いました。それ以外のところへ行ったことはありません。それで、やめようと思って、やめました。定年の三年前でした。しかし、いきなりやめるわけにはいきません。東大の場合だと翌年の三月が定年ですから、前の年の九月の教授会で申しあげるわけです。

「申しあわせにより私は来年の三月で定年でございますから、後任のご選考をお願いしたい」というのが定年の正式なあいさつです。それを半年前の教授会でやります。私もその中に交《ま》ぜていただいて、一九九五年の三月にやめたので、九四年の九月の教授会でしたが、「私は申しあわせの定年じゃなく、とにかく勝手に定年とさせていただきますので、後任のご選考をお願いしたい」というあいさつで許していただいて、やめることになりました。

こうして、正式に一九九四年の九月にやめることが決まりました。教授会の後、同僚の病院の先生が来られました。「先生、四月からどうなさいますか」と。「三月でおやめになるそうですね」「やめます」。「四月からどうするんですか」。つまり、当然のことながら勤めはどうするんですかと、こういう質問でした。

私はその先生に「私は学生のときからずっと東大の医学部しか行ったことがないので、やめたら自分がどんな気分になるかわかりません」と申しあげました。「やめてから先のことはやめてから考えます」と。「四月から先のことは四月になってから考えます」と申しあげました。

するとその先生が、「そんなことで、よく不安になりませんな」といいました。そういうことをいきなりいいました。私は別に怒ったわけじゃないのですが、口が勝手に動いていつも考えていることをいい返しました。「先生も何かの病気でいつかお亡くなりになるはずですが、いつ何の病気でお亡くなりになるか教えてください」。「そんなこと、わかるわけないでしょう」というから、「それでよく不安になりませんな」そう申しあげました。

このやりとりで非常にはっきりわかることがあります。この方は、お医者さんなのです。それも東大のお医者です。そこではしょっちゅう患者さんが亡くなる。人が死ぬということは、自分の仕事の中にきちっと入っているわけです。そういう方が、自分が死ぬということに現実感を持っていない。自分が病気になって死ぬことよりは、勤めをやめたりやめなかったりする、そのことのほうがよほど重要なことだと思っている。それがこの会話でわかります。

こうやって人が生まれて、年とって、病気になって死ぬということを、いまの人は現実だと思っていない。特殊なことだと思っている。いわゆる問題といっているものを、よく考えると、ほとんどがここから来ています。社会の問題は、たいていこれに引っかかってきます。医療の問題も、みんなそうです。何が問題かというと、考えているほうの考え方がずれちゃったところが問題なのです。

逆さに考えれば、全然問題なんかない。やっぱり、いつまでたっても人は生まれて、年とって、病気になって死ぬ。乱暴なことをいうようですが、そうです。

「覚悟」の代わりに危機管理

昔の言葉で、もうなくなった言葉を考えると、私はおもしろいなと思います。最近の人は「覚悟」なんて絶対にいわない。覚悟というものは何だったか。覚悟は死とよく結びつく。そこからもわかるように、覚悟というのは先行き不透明なときの態度のことです。この先どうなるかわからない、それでも何かしなきゃならないというとき、覚悟と昔の人はいったのだと思います。死んだあとはどうなるかわからない。そういうときに何かする気持ちを、覚悟と呼んだのだと思います。いまではこれはもう死語になっています。

なぜ死語になっているのか。たとえば、政府が危機管理委員会をつくる。それに私も出させられた。危機管理ということは、何か起こったときに、それをちゃんとうまくやろうということです。しかし、どうしていいかわからないから危機なのであって、全部計算できるわけがない。しかし、いまの人はそうしないと気がすまない。ちゃんと危機管理マニュアルをつくっておかないと怒られてしまう。起こってしまうと、なんでやっておかなかったといわれる。いくら予定したって、死ぬときだけはそういかない。

長い先の予定、たとえば来年の八月にこういう会があるから出てくれませんか、と依頼されたりすると、「生きていたら伺います」なんて冗談をいうことがあります。あとは笑っていますが、笑っているということは、つまりたいていの人は、まだその頃は生きていると思っているんじゃないか。私みたいに、死んだ人を三〇年もいじっていると、ああ、俺もいつかこうなるなと思う。「俺もいつかこうなるな」がだんだん高じてきて、もう最近では、「死んだ人は、これ、私ですよ」となる。私が中に入ってしまっている。

私はよく「きょうは三人で来ています」という。普通の方には、三人という意識はない。死んだ人は、何か別のものだと思っている。口はきかないし、動かないけれども、これは人なのです。そういう感覚が、現代社会では、ほとんどない。

メメント・モリと諸行無常

一休《いっきゅう》さんが杖《つえ》の先に頭蓋骨《ずがいこつ》をのせて「門松《かどまつ》は冥土《めいど》の旅の一里塚《いちりづか》、めでたくもありめでたくもなし」といって歩く。別に意地悪をいっているんじゃない。お金とか名誉とか、いろんなことを人間は追いかける。ああすればこうなる、こうすればああなるといって、商売でも何でも苦労しているが、それはそれでよろしい。だけど、たまには、あんたはいずれこうだよ、よく考えなさいということです。

骸骨《がいこつ》は、教会へ行ってもたくさんあります。ヨーロッパの教会へ行ったら、嫌というほどそういうのがあります。うちの息子なんか、ヨーロッパの古い教会へ連れていくと、嫌だという。気持ちが悪いのです。東大の標本室より悪いといっています。

この間、夏にローマへ行ってきました。ローマには、通称骸骨寺と呼ばれるカプチン派の教会があります。ヴェネト通りという、ローマのほんとうに高級な目抜《めぬ》き通りですが、そこにある小さな教会です。

そのカプチン派の神父さんというのは、変な格好をしているからすぐわかります。サンダルをはいて、縄《なわ》をベルトがわりにしている。変な格好をした神父さんだなと思ったら、そういう方だということです。

カプチン派の教会は、そこの修道士たちの骨で壁を飾《かざ》っている。天井のシャンデリアから装飾は全部、修道士の骨です。日本人が見ると仰天しますが、これはほかでもない、「メメント・モリ＝死を忘れるな」ということだと思います。

イタリアではだいたいそういう意味で使われています。それを日本語でいえば何か。「諸行無常《しょぎょうむじょう》」です。日本も外国もまったく変わりがないなと思って、私は見ています。

新装版　あとがき

この本は以前に各所で行った講演の記録である。とはいえ内容はその時から現在までに考えていることと変わらない。むしろ現在の考え方の基本を丁寧に説明している感じになっていると思う。

その後考えがかなり発展した部分もあるし、とくに変わっておらず、そのままになっている部分もある。読み返してみて、身体表現などは、より深めた議論ができたのに、この本の内容で止まってしまったのは残念である。近年では英国の神経内科医スザンヌ・オサリヴァンの『眠りつづける少女たち』（紀伊國屋書店）が表現としての身体の病を扱っている。この分野はまだまだ奥が深いと考えるが、私自身はこの世界を離れて久しいので「やり残したなあ」という感慨が残るだけである。

すでに八十代も半ばを越えたので、関心があるのはネコと虫、ヒトには昔から関心が薄かった。本書で語っている脳化社会については、メタバースといういわば究極の形ができた。意識が創り出した世界に住むなら、具体的な都市ではなく、メタバースが理想的であろう。そのうち質量のある世界に住む自分だけが自分だ、とするのは、古臭い感覚と見なされるようになるかもしれない。アバターを自分とは別ものと認識している根拠とはなんだろうか。

質量のない世界は「現実ではない」という信念は、この情報化社会の中で、いったいいつまで持続できるのか。質量のある世界での自分は、医療の世界などではむしろノイズと見なされるようになってきている。医師はデータとして表現される身体しか見ないからである。データにならない部分は、ノイズというしかないではないか。

本書は講演を行った、その時々の私の考えを伝えている。これといった参考資料もなく、討論の相手がいるわけでもなかったから、自分の頭だけで考えたものである。いわば徒手空拳の議論である。読者がこれを下敷きになにか考えてくだされればと思う。

初出一覧

ヒトを見る目

「ヒトを見る目」おしゃべり新年会、「広告批評」（一九九七年二月号）、マドラ出版

ヒトの構造

「構造から見た建築学と解剖学」一九九四年度日本建築学会大会・東海（一九九四年九月九日）、講演録（一九九五年三月発行）、日本建築学会大会（東海）実行委員会（記念行事部会長・今井正次、編集・編集企画室 群）

自分を知る

「子育ての自転車操業」第二八回教育展望セミナー（一九九九年八月三日）、「教育展望」一九九九年一一月号、財団法人教育調査研究所

女性と子どもが割を食っている

「現代社会と脳」平成八年度秋の連続講座（一九九六年一〇月一八日）、新宿区立女性情報セ

ンター資料「カラフルな生き方 ― 今、みつめなおして」（記録・船木明美）

脳の中にないものは存在しない

「脳とは何か」第一五回数理の翼セミナー講義（一九九四年八月六日）、「数理の翼」第一五回夏季セミナー報告、財団法人数理科学振興会

「現実感」の持ち方

「脳の中にある現実」東海ちけんだいがくレポート（一九九五年四月六日）、ちけんだいがく176号（一九九五年七月一日発行）、「知的生産の技術」研究会

人工化の波

「脳と表現」日本女子大学教養特別講義2Dコース（一九九七年一二月一八日）、『女子大通信』一九九八年五月号、日本女子大学通信教育事務部

いま身体が欠けている

「からだと表現」平成八年度第三四回全国大学保健管理協会、関東甲信越地方部会研究集会（一九九六年七月一一日）、報告書（一九九七年二月発行）、全国大学保健管理協会・関東甲信越地方部会、聖マリアンナ医科大学学務部学生課

かけがえのないもの

「脳と情報化社会」ＮＴＴ　ＤＡＴＡ　サマーフォーラム'96（一九九六年八月二二―二四日）、NTT DATA SUMMER FORUM '96　フォーラムレポート、㈱ＮＴＴデータ

一周遅れのランナー人生

「こどもと自然」子どもの健康のための講座（一九九六年一二月七日）、育児センター会報（一九九七年六月二〇日発行）、富士愛育園・育児センター

本作品は小社より二〇〇六年九月に刊行された『まともバカ　目は脳の出店』の副題を改題し、再編集・新装版化したものです。

養老孟司（ようろう・たけし）
一九三七年、鎌倉市生まれ。一九六二年に東京大学医学部卒業後、解剖学教室に入る。一九九五年、東京大学医学部教授を退官し、同大学名誉教授に。一九八九年、『からだの見方』（筑摩書房）でサントリー学芸賞を受賞。
著書に、『唯脳論』（青土社・ちくま学芸文庫）、『バカの壁』『超バカの壁』『「自分」の壁』『遺言。』『ヒトの壁』（以上、新潮新書）、『解剖学教室へようこそ』（ちくま文庫）、『無思想の発見』（ちくま新書）、『半分生きて、半分死んでいる』（PHP新書）など多数。

だいわ文庫

まともバカ
そもそもの始《はじ》まりは頭《あたま》の中《なか》

著者　養老孟司《ようろうたけし》

二〇二三年八月一五日第一刷発行
二〇二三年九月一〇日第二刷発行

発行者　佐藤 靖
発行所　大和《だいわ》書房
東京都文京区関口一－三三－四 〒一一二－〇〇一四
電話 〇三－三二〇三－四五一一

フォーマットデザイン　鈴木成一デザイン室
本文デザイン　鈴木成一デザイン室
本文印刷　新藤慶昌堂
カバー印刷　山一印刷
製本　小泉製本

ISBN978-4-479-32063-0
乱丁本・落丁本はお取り替えいたします。
https://www.daiwashobo.co.jp

だいわ文庫の好評既刊

東海林さだお
ゴハンですよ
東海林さだお氏のこれまでのエッセイ作品の中から、「ゴハン」をテーマにした選りすぐりのエッセイを1冊にまとめました。
800円
411-2 D

東海林さだお
大衆食堂に行こう
東海林さだお氏のこれまでのエッセイ作品の中から、「外食」をテーマにした選りすぐりのエッセイを1冊にまとめました。
800円
411-3 D

東海林さだお 著
南 伸坊 編
ことばのごちそう
東海林さだお氏のエッセイから、食べ物についての言及・描写を集めたアフォリズム集。おもしろいとこ、おいしいとこどりの一冊。
1000円
411-4 D

東海林さだお
自炊《ソロメシ》大好き
ショージ君による、自炊や、家で食べるご飯のひと工夫をテーマにした選りすぐりのエッセイ集。B級グルメの金字塔！
800円
411-5 D

東海林さだお
貧乏大好き
ビンボー恐るるに足らず
安くておいしいグルメ、青春時代の思い出の食事、高級店へのねたみなど、〝貧乏めし〟についてのエッセイを1冊にまとめました。
800円
411-6 D

＊北村良子
謎ときパズル
1日5分で思考力がアップする！
1日5分からでOK！　物語にそって楽しみながらパズルを解いていくうちに「考える力」がめきめきアップする。
700円
412-1 F

＊印は書き下ろし

表示価格はすべて本体価格（税別）です。本体価格は変更することがあります。

だいわ文庫の好評既刊

早野實希子
世界一予約のとれない美容家だけが知っている
成功者の習慣
クライアントは一流。ハリウッド俳優からカリスマ経営者らから絶大な支持を集める美容家が見た成功者の共通点とは。
780円
456-1 D

*芹澤桂
フィンランドは今日も平常運転
フィンランド人は内向的？ 世界一幸せ？ ヘルシンキに暮らす著者が、一括りにできないフィンランドの人々を描くせきらら。
740円
457-1 D

*仁平綾
ニューヨーク、雨でも傘をさすのは私の自由
NYに暮らす著者が街で出会った人々の飾らなさ、人懐っこさ、それぞれが自分の大切なものを大切にしている日常を綴ったエッセイ。
780円
458-1 D

阿川佐和子 他
おいしいアンソロジー おやつ
甘いもので、ひとやすみ
見ても食べても思わず顔がほころぶ、おやつについての43篇のアンソロジー。古今東西の作家たちが、それぞれの偏愛をつづりました。
800円
459-1 D

阿川佐和子 他
おいしいアンソロジー お弁当
ふたをあける楽しみ。
お弁当の数だけ物語がある。日本を代表する文筆家の面々による44篇のアンソロジー。幕の内弁当のように、楽しくおいしい1冊です。
800円
459-2 D

阿川佐和子 他
おいしいアンソロジー ビール
今日もゴクゴク、喉がなる
44人の作家陣による、ビールにまつわるエッセイ集。家でのくつろぎのひとときや、新幹線や飛行機での移動中に読みたい一冊です。
800円
459-3 D

*印は書き下ろし

表示価格はすべて本体価格（税別）です。本体価格は変更することがあります。

だいわ文庫の好評既刊

＊印は書き下ろし

＊福田豊文 写真
今泉忠明 監修
見るだけで癒される愛らしすぎる犬図鑑
見るだけで癒される100種類以上の犬の美麗写真に加えそれぞれの犬種の歴史や物語を学ぶポケットサイズの図鑑。
900円
033-J

＊大海淳
誰かに話したくなるキノコの不思議な世界
散歩やハイキングで見かける面白いキノコから怖い毒キノコまで、日本で見られる100種類を厳選。ハンディな「キノコ図鑑」の決定版。
1000円
034-J

＊半田カメラ
道ばた仏さんぽ
有名から無名まで、古いものから新いものまで、日本全国を巡って出会ったゆるくて楽しい道端の石仏、磨崖仏を約100体、紹介する。
1000円
035-J

＊柴山元彦
川や海で子どもと楽しむきれいなだけじゃない石図鑑
実際に拾える石を豊富な写真とともに紹介。光る、割れる、時間とともに色が変わる。綺麗なだけじゃない天然石の魅力を徹底解説！
1000円
036-J

＊渡邉克晃
ふしぎな鉱物図鑑
加熱すると静電気を帯びる？ バリウムの材料になる？ ふしぎがいっぱい、鉱物の図鑑。
1000円
037-J

＊永田美絵
天体のふしぎがわかる星と星座の図鑑
カリスマ解説員がおくる四季の星座・天文現象のふしぎな話。夜空について語りたくなる神話、きれいな写真、かわいいイラスト多数！
1000円
038-J

表示価格はすべて本体価格（税別）です。本体価格は変更することがあります。